他者的起源

〔美〕托妮·莫里森 著

黄琨 译

THE ORIGIN
OF
OTHERS

南海出版公司

新经典文化股份有限公司
www.readinglife.com
出　品

目 录

Contents

诺贝尔文学奖获奖演讲 [①]

① 本文为托妮·莫里森于 1993 年获得诺贝尔文学奖时发表的演讲。

"从前有一位老妇人，双目失明但充满智慧。"或是一位老先生？也可能是一位宗教大师，或是一位西非部落安抚躁动孩子们的说书人。我在不同文化的民间传说中都听过这个故事，或者是与之类似的故事。

　　"从前有一位老妇人，双目失明，充满智慧。"

　　在我熟悉的版本中，这位老妇人是奴隶的女儿，黑皮肤，美国人，独居在城外的一间小屋里。她睿智的声名无人能及，无可置疑。对于她的族人来说，她等同于法律又凌驾于其上。她获得的尊崇和敬畏从她的左邻右舍传至很远的地方，也传到了城市里，那儿的人们把乡下先知的智慧当作笑料。

　　一天，几个年轻人来拜访这位老妇人，他们似乎下决心要推翻她超乎常人的洞察力，当面揭穿她骗人的把戏。他们的计划很简单：走进屋里，问她一个问题，而这个问题的答案完全取决于她与他们的差异，一种被这些年轻人视为严重残疾的差异——失明。他们站在她的面前，其中一人说："老妇人，我手中有一只鸟儿。告诉我它是活的还是死的。"

她没有回答，对方又问了一遍："我手中的鸟儿是活的还是死的？"

她仍然没有回答。她失明了，看不见来访者，更不用说他们手中之物。她不知道他们的肤色、性别或家乡。她只知道他们别有用心。

老妇人沉默了很长时间，几个年轻人忍不住笑了起来。

她终于说话了，声音柔和而严厉。"我不知道，"她说，"我不知道你们手中的鸟儿是死是活，但我知道它就在你们手中。掌握在你们手中。"

她的回答可以这么理解：如果鸟儿死了，要么在你们发现它的时候就已经死了，要么就是你们杀死了它。如果它还活着，你们仍然可以杀死它。它能不能活下去，决定权在于你们。无论如何，这是你们的责任。

因卖弄他们的权力并取笑她的无助，几位年轻的来访者被训斥了，被告知他们不仅要对嘲弄的行为负责，还要对那个为了实现这一目的而牺牲的小生命负责。这位失明的老妇人把关注点从施展权力转移到了让权力得以施展之物上。

揣测"手中之鸟"指代什么（除了其脆弱的肉身之外）一直对我充满吸引力，而此刻，想着我一直从事的工作让我得以跻身此处，这种感受尤为强烈。因此，我选择将鸟儿解读为语言，将老妇人解读为一位成熟的作家。她担心她梦想中的语言、她与生俱来的语言，被操纵，被使用，甚至出于某些邪恶的目的被禁用。身为作家，她认为语言一方面是一个系统，另一方面是一种可以人为控制的、有生命的东西，但主要是一种效应——一种会产生某些后果的行为。所以孩子们向她提出的"鸟儿是活的还是死的？"这个问题并非空话，因为她认为语言也会消亡，易被抹杀，岌岌可危，只有通过意志才能得以拯救。她认为，如果来访者手中的鸟儿已经死了，那么他们应该对这具尸体负责。对她来说，一种死去的语言并不只是那些不再用于口头或书面表达的语言，它还可以是一种僵化的语言，满足于欣赏自身的停滞不前。比如国家主义的语言，被审查的同时也审查着他人。它无情地履行着监控的职能，除了维护其迷醉的自恋、排他性及支配地位之外，别无所求。尽管垂死，它却并非毫无效果：挫败智识、钳制良心、压抑人类潜能。它无视他人的质问，无法生成也不愿包容新的思想，无力塑造其他想法、讲述另一个故事，也不能填补那令人困惑的沉默。为了纵容无知和维护特权而锻造的官方语言是一套擦拭得锃亮的盔甲，只留下一具骑士早已离开的空壳。但它就在那里：愚笨，掠夺成性，情感用事。它激起学童的崇敬之情，为暴君提供庇护，在公众之间唤起和谐稳定的虚假记忆。

她坚信，当语言因疏忽、弃置、冷漠和轻蔑而消亡，或被法令扼杀时，不仅她自己，所有这门语言的使用者和创造者都要对其陨灭负责。在她的祖国，孩子们已然咬舌而沉默，用子弹重演着时代的失语，重复着那些已经残疾和失能的语言，那些成年人已完全弃置的用来理解意义、提供指导或表达爱意的语言工具。但她知道，让语言咬舌自尽并不只是孩子们的选择。这种情况在幼稚的国家元首与权贵商人中也很常见。被掏空的语言让他们无法触及自己残存的人类本能，因为他们只对那些服从者说话，或者通过说话来强迫他人服从。

语言所遭受的系统性的掠夺，可以从这种趋势中得见：语言使用者为了其威慑和征服的目的而舍弃了语言那细致、复杂、催生新事物的特质。压迫性的语言不仅仅表现暴力，它本身就是暴力；它不仅仅体现出知识的局限，也限制了知识。无论是晦涩的国家语言，还是媒体盲目的生造语言；无论是高傲却僵化的学术语言，还是受商品驱动的科学术语；无论是罔顾伦理的恶毒的法律辞令，还是旨在疏远少数族裔、以文学口吻掩饰其种族主义掠夺的文字，都应当被拒绝、改造、揭露。这是一种嗜血的语言，掩饰漏洞，把法西斯主义的铁靴掖进体面和爱国主义的衬布里，无情地滑向道德和思想的底线。性别歧视、种族主义、有神论的语言——所有这些都是典型的用于支配和监控的语言。它们无法促进也不允许新知识的产生，它们不懂得也不鼓励思想的交流。

老妇人敏锐地意识到，唯利是图的知识分子、贪得无厌的独裁者、被收买的政客及舆论煽动者、冒牌的记者，都不会被她的思想所说服。现在和将来都会存在煽动性的语言，让民众武装起来并时刻武装着，让屠杀与被屠杀遍及商场、法庭、邮局、操场、卧室和林荫大道；激动人心的纪念性语言将掩饰无谓之死是何等的可悲与浪费。将来还会有更多冠冕堂皇的语言拥护强奸、酷刑与暗杀。现在和将来都会有更多扭曲而充满诱惑的语言试图扼制女性，把她们无法言说的离经叛道之词像喂养产出鹅肝的鹅那样塞进她们的喉咙；将会有更多伪装成学术研究的监视性语言；更多算计着使数百万人的苦难化为缄默的政治与历史语言；更多鼓动心怀不满和失落之人攻击他们的邻居的光鲜辞藻；更多傲慢的伪经验主义语言，把充满创造力的人们锁进自卑与绝望的牢笼。

不管那样的语言多么激昂或迷人，在雄辩、华丽与考究的假面背后，其心脏正在枯竭，或根本没在跳动——如果鸟儿已经死去。

她曾思考过，若任一学科没有因合理化及表述其统治地位的需求，而坚持或被迫浪费时间和生命，生产致命的排他性话语，从而阻断排他者和被排他者的认知途径，它的思想史会是怎样的。

人们普遍认为，巴别塔寓言的启示在于塔的倒塌是一种不幸。多种语言的干扰，或者说它们自身的重负加速了巴别塔建筑结构的崩溃。而单一的语言将会加速建造过程，直达天堂。她想知道，那会是谁的天堂？怎样的天堂？如果没有人愿意花时间去理解不同的语言、观点和叙事，或许人们将要抵达的天堂并不成熟，有点草率。如果人们愿意去理解，他们或许会发现想象中的天堂就在脚下。这看似复杂而苛刻，的确如此，但这种天堂之景存在于真实的生活，而非后世所享。

她不想给年轻的来访者们留下这样的印象：语言只为了活着而活着。语言的生命力在于它能够描绘叙述者、读者和作者真实的、想象中的和可能的生活。尽管有时语言以抽离经验的姿态出现，但它不是经验的替代品。它以弧线趋向意义可能的所在。一位美国总统在思虑他的国家已然沦为墓园时，说道："这个世界不会在意或长记我们在这里说过的话，但它永远也不会忘记人们在这里所做的事。"他简洁的语言饱含令人振奋的生命力，因为它拒绝简化一场灾难性的种族战争中六十万生命逝去的事实。拒绝纪念，不屑于"一锤定音"或"总结"，承认语言"没有权力进行删补"，他的话对其哀悼的那些无法通过语言捕获的生命表达了敬意。让她感动的正是这种敬意，这种承认语言无法一劳永逸地对生命毫无辜负的自知。语言不应做此尝试。语言永远无法确凿无疑地说清奴隶制、种族屠杀和战争，也不应有向往这种能力的傲慢。语言的力量、语言的巧妙之处，在于它可以尽可能地靠近无法言说之物。

无论宏大的还是纤弱的，是隐蔽的还是暴烈的，或是拒绝神圣化的；无论是放声大笑还是泣不成声，是字斟句酌还是选择性沉默，不受干扰的语言涌向知识而非毁灭知识。但谁不曾听闻文学作品因质问而被封禁，因批判而被抹黑，因离经叛道而被销毁？又有多少人一想到自断舌锋就已义愤填膺？

文字工作是崇高的，她想，因为它是创造性的。它所创造的意义捍卫了我们的差异，我们作为人类的差异——我们有别于其他生命的所在。

我们会死。这也许就是生命的意义。但我们创造了语言。这也许就是衡量我们生命的尺度。

"从前……"来访者向老妇人提了一个问题。这些孩子，他们是谁？他们如何理解这次相遇？他们在最后的"鸟儿在你们手中"那句话里听见了什么？那句话是指向了某种可能性，还是落下了门闩？也许孩子们听见的是："这不是我的问题。我老了，是个女性，黑皮肤，盲眼。我现有的智慧便是知道我帮不到你们。语言的未来在于你们。"

他们站在那儿。假设他们手中其实什么都没有。假设这次来访只是一个花招、一个诡计，让他们得以与人交谈，受到以前从未有过的认真对待。一个机会，去打断、去冒犯成人世界话语里那些所谓关于他们、为了他们，却从不与他们对话的乌烟瘴气。一些问题急待解决，包括他们已经问过的那个问题："我们手中的鸟儿是活的还是死的？"或许这个问题的意思是："谁能告诉我们什么是生命，什么是死亡？"完全不带任何花招，也并不愚蠢。一个直截了当的问题，值得一位智者的关注——一位长者的关注。如果经历过生命也面对过死亡的年长智者都无法解释生死，谁又可以呢？

但她没有解答。她保守着她的秘密，维护着她的形象，继续着她那警言般的声明，她那不许诺的艺术。她保持距离，筑起高墙，退回那遗世独立的隔绝中，回到那老练世故、享有特权的空间。

她把发言权转让给年轻人，之后便一言不发。这种沉默如此深沉，甚于她话中的一切含义。它令人不寒而栗，而孩子们被惹恼了，当场编了一些话来填补这种沉默。

"难道你就没有什么长篇大论，"他们问她，"没有什么话要对我们说？好让我们冲破你的败绩；冲破你刚才对我们的说教——那根本不是教育，因为我们听你说话的同时，还密切留意着你的所作所为；冲破你在慷慨与智慧之间筑起的壁垒。

"我们手中没有鸟儿，无论是活的还是死的。我们只有你我之间这个重要的问题。难道你连思考或猜测我们手中是否空无一物都不情愿吗？难道你不记得自己年轻的时候，语言没有深意却充满魔力？有时你话说出口，却词不达意。有时想象力驱使你去寻觅的东西并不可见。有时你苦苦追问，对答案的渴求燃烧得如此炽烈，却因一无所知而愤怒地颤抖。

"你们曾作为主人公为之奋斗并最终输掉的战斗，最后留给我们的只有你们曾经的幻想，我们真的要从那场战斗开始觉醒吗？你的回答很巧妙，但正是这种巧妙让我们感到尴尬，也应该令你难堪。你的回答显得沾沾自喜，并不体面。如果我们手中什么都没有，它不过就是一个给电视节目准备的毫无意义的剧本。

"为什么你不伸出手来，用你柔软的手指触摸我们，在了解我们之前，先收起那些只言片语和训诫？你就那么鄙视我们的把戏、我们的行为方式，看不出我们对于如何引起你的注意感到困惑？我们还年轻，不成熟。在我们短暂的生命中，人们不断教导我们要负起责任。可责任在这个已成为灾难的世界里又意味着什么？就像一位诗人说的，在这个世界里'没有什么需要被揭露，因为一切已然明目张胆'。我们所继承的是一种侮辱。你想让我们拥有你那双苍老而空洞的双眼，只能看到残酷和平庸。你认为我们会蠢到一次又一次地为国家民族的虚构做伪证？你怎么敢对已深陷于你们过去毒沼中的我们提'责任'二字？

"你轻视我们，也轻视我们手中不存在的鸟儿。难道我们的生命就没有相应的语境吗？没有什么歌曲、文学作品、饱含营养的诗篇或是与经验相连的历史可以传递给我们，来让我们变得坚强？你是一个成年人。年长、有智慧的成年人。别只顾及你的面子了。想想我们的生活，告诉我们你独特的世界。编一个故事吧。叙事是激进的，在它被创造的瞬间也创造着我们。如果你心有余却力不足；如果你的话语由爱点燃，在火焰中坍塌，只留下灼后的烫伤；又或者，它像外科医生的双手一样谨慎，只在鲜血可能涌出的地方缝合，我们都不会责怪你。我们明白你不能一劳永逸地做到尽善尽美。热情远远不够，技巧也是一样。但请试一试。为了我们也为了你，忘掉你街头巷尾的名声；告诉我们这个世界对你来说是怎样的，无论在黑暗的角落还是光明之所。别告诉我们该相信什么，该恐惧什么。向我们展示信仰宽阔的裙边，松开包裹恐惧的兜帽的针脚。你，老妇人，失明是你的福分，你可以通过语言告诉我们只有用语言才能做到的事：如何看见无形之物。只有语言能保护我们免于那些无名之物的恐惧。语言本身就是沉思。

"告诉我们身为女性是怎样的，好让我们明白做一个男人意味着什么。是谁在边缘移动。离开熟悉的地方四处漂泊，在此处无家可归是什么感受，生活在你不被接纳的城镇边缘是什么感受。

"给我们讲讲复活节时在海岸被拒绝停泊的船只①，田间的胎盘。给我们讲讲那一马车的奴隶，他们如何轻声歌唱，呼吸像飘落的雪花一样轻柔。他们的肩膀如何挨挤在一起，从身旁之人就能直觉判断出下一站将是他们的最后一站。他们的手如何放在身下祈祷，感受到了热量，然后是太阳。他们仰起脸，仿佛太阳就在那里，触手可及。他们转过身去，仿佛太阳就在那里，触手可及。他们在一家小旅店前停下。车夫和他的同伴提着灯走进去，留他们在黑暗中哼唱。马蹄踏雪的地方冒着蒸汽，融雪的咝咝声令冻僵的奴隶们羡慕不已。

"小旅店的门打开了：一个女孩和一个男孩从灯光中走出来，爬上马车车厢。男孩在三年后会有一把枪，但现在，他提着一盏灯和一壶暖暖的苹果酒。大家传递着酒壶，你一口我一口地喝。

---

① 此处指 1939 年犹太人坐船渡海抵美躲避纳粹迫害事件。一行人后因美国拒绝接收而被迫返航。

女孩分给大家面包、肉片，并看向她所招待的人的眼睛。男人一人一份，女人一人两份，再附赠一个眼神。人们也回赠给她一个眼神。下一站将是他们的最后一站。但这一站还不是。这一站充满温暖。"

孩子们说完后又恢复了安静，直到老妇人打破了沉默。

"现在，"她说，"我终于可以相信你们了。我相信你们手中不存在的鸟儿，因为你们已经真正抓住了它。看，它是多么可爱，这是我们共同的造物——是我们一起创造了它。"

宣叙调 [1]

---

[1] 本文为托妮·莫里森于 1983 年发表的短篇小说，也是作家唯一的短篇小说。原名为法语 *Recitatif*，指歌剧等大型声乐中类似朗诵的曲调，速度自由，旋律与节奏依照自然语言的强弱，即以歌唱的方式说话，着重叙事性，音乐为辅，常置于咏叹调之前，具有"引子"的作用。

我的妈妈整夜跳舞，罗伯塔的妈妈病了。这就是我们被带去圣伯尼①的原因。当你告诉人们你住在收容所时，大家总想伸出手臂拥抱你，但情况其实没那么糟。那儿没有贝尔维尤收容所里那种摆着一百张床的长长的大房间。一个房间四张床，当我和罗伯塔到那儿的时候，从州里来的孩子不多，所以只有我们被分到了406号房，如果我们愿意的话，可以从一个床位换到另一个。而我们也正想这么做。我们每晚都换床，在那儿的整整四个月里，我们都没有选出一个属于自己的固定床位。

一开始事情并不是这样。从我走进房间、那个"大笨蛋"②介绍我们认识的那一刻起，我就感到胃里一阵恶心。大清早从自己的床上被叫起来是一回事，和完全不同种族的女孩一起困在一个陌生的地方则是另一回事。玛丽，也就是我的妈妈，她说的是

① St. Bonny，即下文中圣伯纳文彻（St. Bonaventure）收容所的简称。
② 原文为 the Big Bozo。

对的。她时不时会停下舞步，告诉我一些重要的事，其中一件就是他们从不洗头，身上有股怪味。罗伯塔的确是这样。我的意思是，她闻起来怪怪的。所以当"大笨蛋"（从来没人叫她伊特金太太，就像没人管这里叫圣伯纳文彻一样）说"特薇拉，这是罗伯塔。罗伯塔，这是特薇拉。你们要好好相处"时，我回答道："你把我安排在这儿，我妈妈是不会乐意的。"

"那样也好，""笨蛋"说，"说不定她就会来接你回家了。"

那是什么意思？如果当时罗伯塔笑了，我会杀掉她，但她没有。她只是走到窗前，背对我们站着。

"转过来，""笨蛋"说，"别那么不讲礼貌。听好了，特薇拉、罗伯塔。当你们听到一声响亮的嗡鸣，那就是晚饭的铃声。听见后就下到一楼。谁打架谁就不能看电影。"接着，为了让我们知道我们可能会错过什么，她说："《绿野仙踪》。"

罗伯塔一定以为我的意思是，我妈妈会因为我住进了收容所而生气，而不是因为我要和她住一个房间，因为"笨蛋"一走，她就朝我走过来，问："你妈妈也生病了吗？"

"没有，"我说，"她只是喜欢整夜跳舞。"

"哦。"她点了点头，我喜欢她一点就通。所以尽管我们站在一起看起来就像盐和胡椒，有时其他孩子会这么取笑我们，但现在，这都无关紧要。那时我们八岁，考试总是不及格。因为我不记得我读过什么、老师讲了什么。而罗伯塔根本不识字，也从不听讲。她什么都不擅长，却是个抓子儿游戏的能手：抛接抛接抛接。

一开始我们都不怎么喜欢对方，但其他人都不愿意和我们一起玩，因为我们俩都不是真正的孤儿，天上没有我们已故的慈爱父母。我们是被抛弃的。连从纽约市区来的波多黎各人和纽约上州来的印第安人也不理我们。这里有各种各样的孩子，黑人，白人，甚至还有两个韩国人。但这里的伙食还不错。至少我是这么认为的。罗伯塔讨厌这儿的食物，把整块食物剩在盘子里：午餐肉、索尔兹伯里汉堡牛肉饼，甚至是加了什锦水果的果冻，她也不在乎我是不是吃了那些她不想吃的东西。玛丽的晚餐理念是爆米花和一罐优糊①。对我来说，热土豆泥加双份香肠就像是过感恩节了。

圣伯尼真的没有那么糟。住在二楼的年纪大些的女孩们会时不时地推搡我们。但也不过如此。她们涂口红，画眉毛，看电视的时候会晃动膝盖。她们十五六岁，有些人年龄甚至更大。这些女孩大多是出于害怕而离家出走的。这些竭力从她们的叔叔手中逃脱的可怜姑娘在我们看来又凶又刻薄。天哪，她们看起来真的很凶。管理员试图将她们与年纪小的孩子们分开，但有时我们偷看她们在果园放着收音机一起跳舞，会被逮个正着。她们会追上我们，扯我们的头发，扭我们的胳膊。我们害怕她们，无论是我还是罗伯塔，但我们都不想让对方知道。于是我们想出了一长串

---

① Yoo-hoo，美国饮料品牌，以同名巧克力饮料著称。

脏话，从果园逃跑时，我们可以喊出来回骂。我以前经常做梦，几乎总会梦见这座果园。面积两英亩，也可能有四英亩，园里种着这些小苹果树。几百棵。我刚来圣伯尼的时候，苹果树空荡荡的，像乞讨的女人一样弯着身子，而当我离开这儿的时候，枝头开满了花。我不知道为什么我总是梦到这座果园。那里无事发生。我是说，没有什么大事发生。只有那些年长一些的女孩会播放着收音机跳舞。我和罗伯塔看着。玛吉有一次在那儿摔倒了。就是那个腿弯得像括号一样的厨娘。大女孩们都在嘲笑她。我知道我们当时应该把她扶起来，但我们害怕那些涂着口红、画着眉毛的女孩。玛吉不能说话。孩子们说她的舌头被割掉了，但我觉得她只是生来如此：哑巴。她的年纪很大，皮肤呈沙色，在厨房工作。我不知道她人好不好。我只记得她的腿弯得像括号，走起路来摇摇晃晃的。她从清晨一直工作到两点钟，如果她迟到了，或是需要清理的东西太多，那么直到两点十五分左右她才会离开。她会穿过果园抄近路，免得错过公交车，否则她就要再等上一个小时。她戴着一顶很蠢的小帽子——一顶带有耳罩的儿童帽——而她也并不比我们这些孩子高多少。真是一顶糟透了的小帽子。即使对一个哑巴来说，这也够蠢的——穿得像个孩子，一句话也不说。

"可是如果有人想杀了她怎么办？"我曾想过这个问题，"如果她想哭呢？她会哭吗？"

"当然，"罗伯塔说，"但只有眼泪，没有声音。"

"她也无法尖叫？"

"对，她什么声音也发不出来。"

"她能听见吗？"

"有可能。"

"我们试试看。"我说。于是我们这么做了。

"哑巴！哑巴！"她没有回过头。

"罗圈腿！罗圈腿！"她依旧没有反应，只是摇摇晃晃地继续走着，儿童帽的绑带左右飘荡。我认为我们做错了。我觉得她能听得到，只是假装没听见。直到现在，一想到当时毕竟有人听到我们那么叫她却又不能告发我们，我就感到羞愧。

我和罗伯塔相处得很愉快。我们每晚换床睡，公民教育、沟通技巧和体育课都不及格。"大笨蛋"说她对我们很失望。在我们这一百三十个从州里来的孩子中，有九十个不满十二岁。几乎所有人都是真正的孤儿，他们死去的慈爱父母在天有灵。只有我们俩是被抛弃的，也只有我们体育在内的三门课都不及格。所以我们关系不错——她把不吃的食物完整地留在盘子里，也出于友善不对我问东问西。

我想那应该是玛吉摔倒的前一天，我们得知我们的妈妈会在同一个星期天来探望我们。我们已经在收容所里待了二十八天（罗伯塔待了二十八天半），这是她们第一次来看望我们。她们会在十点钟来，正好赶上我们做礼拜，然后会和我们一起在教师休息室里吃午饭。我想如果我那跳舞的妈妈与她那生病的妈妈碰面，也许对我的妈妈来说是好事。而罗伯塔觉得她那生病的妈妈见到我那跳舞的妈妈会激动不已。我们越想越兴奋，还为对方卷了头发。吃过早饭后，我们坐在床上，透过窗户盯着马路。罗伯塔的袜子还湿着。她前一天晚上洗了袜子，把袜子晾在暖气片上。袜子还没干，但她还是穿上了，因为这双袜子的上沿是漂亮的粉红色扇形花边。我们每个人都有一个在手工课上折的紫色纸篮。我的纸篮上有一只用黄色蜡笔画的兔子。罗伯塔的纸篮上画着带有起伏的彩色线条的蛋。纸篮里面只有玻璃纸草和软糖豆，因为他们给我们的两个棉花糖蛋已经都被我吃掉了。"大笨蛋"亲自带我们过去。她笑着说我们看起来真不错，该下楼了。我们俩之前从未见过她这样的笑容，惊呆在原地，谁也没动。

"你们不想见你们的妈咪吗？"

我先站起来，却把软糖豆撒了一地。"大笨蛋"的笑容消失了，我们连忙把糖果从地上捡起来，放回玻璃纸草上。

她陪我们走到一楼，其他女孩正排着队进入礼拜堂。有一群成年人站在另一边。大多是看热闹的人。那些挑选用人的老太婆和想要收养孩子做伴的基佬。偶尔会有一位谁的奶奶。几乎没有年轻的或是不会在夜里吓你一跳的脸。因为任何真正的孤儿如果还有年轻的亲戚，就算不上是真正的孤儿。我一眼就看到了玛丽。她穿着那条我讨厌的绿色休闲裤，现在那条裤子看上去更令我讨厌了——她难道不知道我们要去礼拜堂吗？还有那件口袋衬里撕裂的毛皮夹克，她得费劲才能把手从里面抽出来。但她的脸还是漂亮的——一如既往，而她笑着挥手，仿佛那个试图寻找妈妈的女孩是她——不是我。

我慢慢地走着，尽量不让软糖豆掉到地上，并暗暗希望纸篮的提手能撑得住。我不得不用上我最后一颗芝兰口香糖[①]，因为等我剪完所有的东西时，所有埃尔默[②]胶水都用光了。我是左撇子，剪刀用着从来不顺手。不过这没关系，我还不如嚼口香糖呢。玛丽跪下来抓住我，纸篮、软糖豆和玻璃纸草被她的破烂毛皮夹克压成一团。

"特薇拉，宝贝。特薇拉，宝贝！"

我真想杀了她。我已经可以想象这之后果园里的大女孩们取笑我："特薇——拉，宝贝！"但当玛丽微笑着拥抱我，身上散发出爱斯特夫人牌爽身粉的味道时，我没法继续生她的气。我想一整天都埋在她夹克的毛皮里。

说实话，我把罗伯塔忘在了一旁。我和玛丽排着队缓缓进入礼拜堂，我感到自豪，因为尽管那条难看的绿色休闲裤让她的臀部显得很突出，她看上去还是如此美丽。一位在世的漂亮妈妈总比一位已故在天的漂亮妈妈好，尽管她会留下你一个人，自己去跳舞。

我感觉到有人拍了拍我的肩膀，转过身，看见罗伯塔在冲我微笑。我也回以微笑，但没有笑得太夸张，免得让其他人觉得这

---

① Chiclet，一种用彩色糖衣包裹的长方枕形口香糖。
② Elmer's，美国胶水及其他手工工具品牌。

次探访是我生命中的头等大事。接着罗伯塔说："妈妈，我想让你认识一下我的室友特薇拉。旁边这位是特薇拉的妈妈。"

我抬起头，目光像是上移了好几英里。她很高大。比任何男人都高大，她的胸前挂着一副我见过的最大的十字架。我发誓它的每条边足有六英寸长。她的臂弯里还放着一本有史以来最大的《圣经》。

玛丽，一如既往地头脑简单，她咧嘴笑笑，想把手从已经破烂的口袋里抽出来——我猜她是为了和对方握手。罗伯塔的妈妈低头看了看我，又低头看了看玛丽。她什么也没说，只是用她没有拿《圣经》的那只手抓着罗伯塔，离开了队伍，快步走到了队伍末尾。玛丽仍在咧嘴笑着，因为她对事情的反应比较慢。接着，她脑子里一个念头闪过，说道："婊子！"声音很响，而我们现在已经快进礼拜堂。管风琴乐在哀鸣，圣伯尼天使们在甜美地歌唱。所有人都转过头看向我们。如果不是我用尽全力捏她的手，她会继续这么做——继续咒骂。我的做法起到了一点作用，但在礼拜全程中，她仍在抽搐，把腿跷起来又放下，甚至还咕哝了几声。我凭什么认为她能在这里举止得体呢？休闲裤。没像那些老奶奶和旁观者一样戴着帽子，还在发牢骚。当我们起立唱赞美诗时，她双唇紧闭，甚至都不看纸上的唱词。她居然还从包里找镜子，查看她的口红。我满脑子想的都是，她真该杀。布道慢得像是过去了一年，而我知道那些真正的孤儿又开始得意起来了。

我们本应在教师休息室里吃午饭，但玛丽什么也没带，所以我们把毛皮和玻璃纸草挑出来，吃掉了被压坏的软糖豆。我本该杀了她。我偷偷瞄了一眼罗伯塔。她的妈妈带来了鸡腿、火腿三明治、橙子和一整盒巧克力涂层全麦饼干。罗伯塔一边喝着保温瓶里的牛奶，一边听她的妈妈为她念《圣经》。

一切都错了。错的食物总是被错的人吃掉。这也许就是我后来成了一个服务员的原因——让对的人吃对的食物。罗伯塔把鸡腿剩下了，但在探访结束后，她给了我一些饼干。我猜她对于她妈妈不愿意和我妈妈握手而感到抱歉。我喜欢她这一点，我也喜欢她对玛丽在礼拜全程中一直发牢骚的事，以及她没有给我带午餐的事只字不提。

罗伯塔是在五月离开的，当时苹果树枝繁叶茂，开出了洁白的花朵。她在这里的最后一天，我们去果园看那些大女孩抽烟、跟着收音机跳舞。她们朝我喊"特薇——拉，宝贝"，我也不在乎了。我们坐在地上，大口呼吸。爱斯特夫人牌爽身粉。苹果花。如今我闻到这两种味道时，还是会感到放松。罗伯塔要回家了。迎接她的将是大十字架和大《圣经》，她看上去似乎既有点高兴，又有点不高兴。我觉得没了她，我会死在那个有四张床的房间里，我知道"笨蛋"已经打算让另外几个被抛弃的孩子搬进来和我一起住。罗伯塔答应每天写信，这真是太贴心了，因为她根本不识字，又怎么可能给人写信？我本打算画几张画寄给她，但她没有告诉过我她的地址。她从我的记忆中逐渐淡去。她粉红色花边的湿袜子，她那双严肃的大眼睛——当我试图忆起她，就只能记起这些了。

　　我在高速公路金斯敦①出口之前的豪生餐厅②做服务员。这份工作还不错。从纽堡③过来的路有点漫长，不过我一到这儿就觉得那不算什么。我负责第二轮夜班，晚十一点到早七点。在六点半那趟灰狗巴士上的乘客来吃早餐之前，我都很清闲。那个时候太阳已经完全从餐厅背后的山丘上升起来了。这个地方晚上更好看——更像收容所，但我喜欢阳光照进来的时候，即便它让乙烯材料上的所有裂痕都显露出来，也让斑驳的地面看起来很脏——不管负责拖地的男孩多么努力也没用。

　　那是八月的一天，一群人刚从巴士上下来。他们会待上好一会儿：上厕所，看看纪念品和废品回收机，他们不愿意那么快就坐下。哪怕是坐着吃饭。看到她的时候，我正准备把咖啡壶装满放到电磁炉上。她坐在一个小隔间里抽烟，旁边是两个满头满脸都是毛发的男人。她的头发也又多又乱，我几乎看不见她的脸。但那双眼睛。到哪儿我都能认出来。她穿着粉蓝色的背心和短裤，戴着手镯般大小的耳环。说到她画的口红和眉毛，收容所的

<hr />

① Kingston，美国纽约州东南部城镇。
② Howard Johnson's，美国在 20 世纪 50、60 年代规模最大的连锁餐厅。
③ Newburgh，美国纽约州东南部城镇，位于曼哈顿向北 60 英里处。

大女孩们和她比起来简直是修女。我得在吧台忙到早上七点，其间我不断看向那个隔间，怕他们会先起身离开。接替我的人准时来了，于是我以最快的速度清点、整理收据，然后签字下班。我走向隔间，微笑着想不知她是否还记得我。或者说她是否想要记起我。也许她不想记起圣伯尼，不想让人知道她在那儿待过。我从没向任何人提起过那段经历。

我把手插进围裙口袋，靠在隔间的背板上，面朝着他们。

"罗伯塔？罗伯塔·菲斯克？"

她抬起头。"什么事？"

"特薇拉。"

她眯起眼睛看了一会儿，然后说："哇。"

"还记得我吗？"

"当然。嘿。哇。"

"好久不见。"我说，并对那两个毛发旺盛的家伙笑了笑。

"是啊。哇。你在这里工作吗？"

"对，"我说，"我住在纽堡。"

"纽堡？没在开玩笑吧？"她笑了，接着又发出一阵只有她自己和那两个男人才能领会的笑声，他们跟着她一起笑。我也只能跟着他们一起笑，自问我为什么要站在那里，膝盖从制服下方露出来。不用看我也知道自己头上戴着蓝白色的三角形帽，头发在发网里没了形状，脚踝在白色的牛津鞋里显得很粗。没有什么比我的长袜更厚实的了。我笑过之后，所有人陷入了沉默。现在轮到她来填补这沉默。也许她可以向她的男朋友们介绍我，或是邀请我坐下来喝杯可乐。而她抽完一支烟，又点燃了一支，说道："我们在去'海岸'①的路上。他要去见亨德里克斯。"

她漫不经心地指了指身边的男孩。

"亨德里克斯？太棒了，"我说，"真的太棒了。她现在在做什么？"

罗伯塔被烟呛到，咳了几声，那两个男人对着天花板翻了个白眼。

"亨德里克斯。是吉米·亨德里克斯②，浑蛋。他是最大的……哦，哇。算了。"

我就这样被打发了，没人和我道别，所以我想应该由我向她道别。

"你妈妈怎么样？"我问她。她整张脸都绽开了笑容。她咽了一下，"她很好，"她说，"你妈妈呢？"

"美得就像一幅画。"我说道，然后便转身离开了。我的膝盖后侧有些湿漉漉的。阳光下的豪生餐厅真像个垃圾场。

詹姆斯就像家用拖鞋一样令人感到舒服。他喜欢我做的菜，而我喜欢他吵闹的大家庭。他们在纽堡住了一辈子，他们说起纽堡，就像那些始终有家可归的人谈论自己的家。他的祖母和他的

---

① The Coast，新泽西州纽瓦克市林肯公园街区的别称，是美国 20 世纪中叶爵士乐、夜总会等娱乐表演的重要聚集地之一。

② Jimi Hendrix（1942—1970），美国歌手、音乐家，被认为是摇滚乐史上最伟大的电吉他演奏者。

父亲年纪相去甚远。他们谈论街道和建筑物的时候，用的是那些已不再属于它们的旧名。他们仍然把 A&P^① 叫作"里科家"，因为商店所在的位置曾经是里科先生经营的小杂货店。他们把新建的社区大学叫作"市政厅"，因为那里曾经就是市政厅。詹姆斯的妈妈会自制果冻和腌黄瓜，从奶制品店里买用布包着的黄油。詹姆斯和他的父亲聊起钓鱼和棒球，我能想象他们在哈德逊河^②上乘着一艘小破艇一起漂流的样子。现在，纽堡一半的人口都在领社会救济，但对我丈夫的家人来说，这里仍是从前那个纽约上州的天堂。一个有着冰窖、蔬菜车和煤炉，孩子们会在花园里除草的时代。我儿子出生的时候，我婆婆将她自己的婴儿毯送给了我。

但他们记忆中的小镇已经变了模样。空气中的某些东西加速流转。华丽的老房子如今已破败不堪，被买下来翻新，成了非法占用者的庇护所和高风险出租屋。精明的 IBM 员工从郊区搬回城里，装上了百叶窗，把后院改造成草木花园。我收到一本刊登食品商场开业信息的宣传册。上面都是高档美食，还列出了在 IBM 上班的有钱人需求的东西。它位于市郊一所新建的购物中心，有一天，我开车去那儿购物——只是想去看看。那是六月底。郁金香凋谢之后，伊丽莎白女王月季四处盛开。我沿着货架间的通道推着购物车，把烟熏牡蛎、罗伯特酱^③以及我知道会在橱柜里存

---

① 全称为"大西洋与太平洋茶叶公司"（The Great Atlantic & Pacific Tea Company），20 世纪上半叶美国最大的连锁零售百货公司，于 2015 年宣告破产。
② Hudson，由南向北流经纽约州的一条河流。
③ Robert's sauce，法式料理中常见的一种褐色芥末酱汁。

放好几年的东西扔进去。直到我找到克朗代克^①冰激凌时，我才对如此愚蠢地挥霍詹姆斯作为消防员的微薄工资感到不那么内疚。他父亲和小约瑟夫都会吃得津津有味。

排队结账时，我听到一个声音："特薇拉！"

从过道里传来的古典音乐干扰了我的听觉，向我靠过来的那个女人穿得美极了。她的手上戴着钻石，身上是一件精致的白色夏装。"我是本森太太。"我说。

"嗬，嗬，'大笨蛋'。"她唱道。

有那么一瞬间，我没明白她在说什么。她买了一捆芦笋和两箱高级饮用水。

"罗伯塔！"

"是我。"

"看在上帝的分上。罗伯塔。"

"你看上去很棒。"她说。

"你也是。你住在哪里？这附近？纽堡？"

"是的。在安嫩代尔^②那边。"

我正要说话，收银员示意我去她面前空闲的柜台结账。

"外面见。"罗伯塔伸手指了指，然后去快速结账处排队。

我把东西放好，忍着不去四处张望查看罗伯塔的情况。我想

---

① Klondike，美国甜品品牌，其最具标志性的产品是一种外层包裹着巧克力的冰激凌砖。

② Annandale，纽约州位于纽堡北部的一个村镇。

起了豪生餐厅，那时我本想找机会和她聊聊，却只得到一声啬啬的"哇"作为回应。但她正在等我，上次蓬松的头发现在变得顺滑，在她精致小巧的脑袋上显得很服帖。鞋、裙子，她身上的一切都很漂亮，充满了夏日气息，很贵气。我很想知道她经历了什么，她是怎么从吉米·亨德里克斯来到安嫩代尔这样一个满是医生和 IBM 高管的街区。这很简单，我想。对他们来说，一切都很简单。他们觉得全世界都属于自己。

"多久了？"我问她，"你来这儿多长时间了？"

"一年了。我嫁给了一个住在这儿的男人。你呢，你也结婚了，对吧？你刚刚说，他叫本森。"

"没错。詹姆斯·本森。"

"他人好吗？"

"哦，他人好吗？"

"怎么样，到底好不好？"罗伯塔眼神坚定，仿佛她真心想要问这个问题，想得到答案。

"他棒极了，罗伯塔。棒极了。"

"所以你很幸福。"

"非常幸福。"

"真好，"她一边说，一边点了点头，"我一直希望你过得幸福。有孩子了吗？我知道你有孩子。"

"一个孩子。男孩。你呢？"

"四个。"

"四个？"

她笑了。"都是继子。他是个鳏夫。"

"哦。"

"你有时间吗？我们去喝杯咖啡吧。"

我想到克朗代克冰激凌会慢慢融化，想到我要一路走到车旁，把所有购物袋放进车的后备厢里是多么麻烦。我买了那么多我不需要的东西，真是活该。罗伯塔提前想到了这点。

"把它们放进我的车里吧。就在这儿。"

然后，我看到了那辆深蓝色的豪华轿车。

"你嫁给了一个中国人？"

"不，"她笑了，"他是司机。"

"哦，我的天。真想让'大笨蛋'看看你现在的样子。"

我们都咯咯地笑了起来。真的笑出了声。突然，就在那脉搏跳动的一瞬，二十年的光阴消失了，所有的一切涌回重现。在果园里跳舞的那些大女孩（我们叫她们"石小姐"①——罗伯塔听错了在公民课上讲的邪恶"石像鬼"），软烂的土豆泥，双份香肠，配着菠萝的午餐肉。我们挽着对方的手走进咖啡店，我想弄清楚，为什么我们这次见到对方时如此愉快，不像上次那样。曾经，十二年前，我们像陌生人一样擦肩而过。一个黑人女孩和一个白人女孩在公路旁的豪生餐厅相遇，却无话可说。一个戴着蓝

---

① 原文为 gar girl，与石像鬼（gargoyle）的读音相仿。石像鬼通常作为建筑输水管道喷口终端的一种雕饰。

白相间的三角形制服帽，另一个则在去见亨德里克斯的路上。而现在，我们表现得就像一对阔别已久的姐妹。在收容所度过的四个月时间并不算长。也许正是因为那经历本身。我们曾待在那里，一起待在那里。两个小女孩，懂得世界上任何人都不懂得的道理——如何不去发问。如何去相信我们必须相信的东西。在这种不情愿中，有礼貌，也有慷慨。你妈妈也病了吗？不，她只是整夜跳舞。哦——然后是一个心照不宣的点头。

我们坐在窗边的卡座上，像退役老兵一样陷入了回忆。

"你后来学会识字了吗？"

"看。"她拿起菜单，"今天的特色菜。奶油玉米汤。主菜。冒号、波浪线。乳蛋饼。主厨沙拉，扇贝……"

我正笑着鼓掌，这时服务员走了过来。

"还记得复活节纸篮吗？"

"还有我们是怎么介绍①她们的？"

"你妈妈戴着像两根电线杆一样的十字架。"

"还有你妈妈的紧身休闲裤。"

我们笑得很大声，人们都转过头来看，这让我们忍不住笑得更大声了。

"和吉米·亨德里克斯的约会怎么样了？"

罗伯塔用嘴唇发出一个吹气的声音。

---

① 本书正文中的仿宋字体均对应原文中的斜体。

"他死的时候，我想到了你。"

"哦，你终于知道他是谁了？"

"终于。得了吧，当时我只是个小镇上的服务员。"

"而我是个小镇上的辍学生。天哪，我们当时多么狂野。我都不知道我是怎么从那儿活着出来的。"

"但你做到了。"

"我做到了。我真的做到了。我现在是肯尼思·诺顿夫人了。"

"听起来又长又拗口。"

"的确如此。"

"有仆人什么的吗？"

罗伯塔伸出两根手指。

"哦！他是做什么的？"

"电脑之类的。我能懂些什么呢？"

"那时候的很多事情我都不记得了，但天哪，圣伯尼的记忆就像日光一样清晰。还记得玛吉吗？那些石小姐嘲笑她摔倒了的那天？"

罗伯塔抬起头，目光从沙拉上移开，盯着我。"玛吉没有摔倒。"她说。

"不，她摔倒了。你记得的。"

"不，特薇拉。是她们把她打倒在地的。那些女孩推倒了她，撕破了她的衣服。就在果园里。"

"我不……事情不是那样的。"

"当然是这样的。就在果园里。你还记得我们当时有多害怕吗？"

"等一下。你说的这些我都不记得。"

"还有，'笨蛋'被解雇了。"

"你疯了。我离开收容所的时候她还在那儿。你比我离开得更早。"

"后来我回去过。他们解雇'笨蛋'的时候你已经不在那儿了。"

"你说什么？"

"回去了两次。十岁的时候我回去待了一年，十四岁的时候又在那儿待了两个月。我就是在那个时候逃走的。"

"你从圣伯尼逃了出来？"

"我不得不这么做。你想我还能怎样？去果园跳舞？"

"玛吉的事情你确定吗？"

"我当然确定。是你锁住了记忆，特薇拉。那的确发生了。那些女孩有行为问题，你知道的。"

"她们的确如此。但我为什么不记得玛吉的事了？"

"相信我。那件事发生了。我们就在现场。"

"你回到收容所后和谁住在一起？"我问她，好像我会认识她的新室友一样。玛吉的事还在困扰着我。

"一群讨厌的家伙。她们会在夜里给自己挠痒痒。"

我的耳朵有些发痒，我突然想要回家。目前一切进展顺利，但她不能只是洗洗脸、梳梳头，轻描淡写假装一切都挺好。在豪生餐厅的冷遇之后。没有道歉。什么都没有。

"那次在豪生餐厅，你是嗑药了还是怎么的？"我努力使我的声音听起来比我的感受更友好。

"也许吧，一点点。我很少嗑药。怎么了？"

"我不知道；你当时好像不想表现出你认识我。"

"哦，特薇拉，你知道那些日子的状况：黑人——白人。你知道那时是什么世道。"

我并不知道。我以为事实恰恰相反。大巴士载着黑人和白人一起来到豪生餐厅。他们一起四处游荡：学生、音乐家、情侣、抗议者。那些日子里在豪生餐厅你能看到一切，黑人对白人非常友善。但是坐在这儿，对着一个只剩两块硬番茄的空盘子，想到那些正在融化的克朗代克冰激凌，我感到忆起从前受到的冷落似乎有些幼稚。我们走到她的车旁，在司机的帮助下把我的东西放进了我的车里。

"这次，我们要保持联系。"她说。

"当然，"我说，"当然。给我打电话。"

"我会的。"她说。就在我坐进驾驶座的时候，她靠向车窗。"对了，你妈妈，她还没放弃跳舞吗？"

我摇了摇头。"是的。一直没放弃。"

罗伯塔点了点头。

"你妈妈呢？她病好了吗？"

她悲伤地微微一笑。"没有。她一直都没好起来。记得给我打电话，好吗？"

　　"好的。"我说，但我知道我不会打电话。罗伯塔用玛吉的事把我的过去搞得一团糟。如果真有这样的事，我是不会忘记的。难道不是吗？

　　冲突在那年秋天来到我们身边。至少报纸上是这么写的。冲突。种族冲突。这个词让我联想到一只鸟儿——一只来自公元前十亿年的叫声尖利的大鸟。它拍着翅膀，嘶鸣着。它那没有眼皮的眼睛总是盯着你。它整个白天都在尖叫，晚上则睡在屋顶上。它会在早上把你吵醒，从《今日秀》①到十一点的新闻②，它一直讨厌地伴在你身边。一天天过去，我始终没想明白。我知道我应该有某种强烈的感受，但我不知道那种感受究竟是什么，詹姆斯也帮不了我。约瑟夫被列入转校名单，要从现在的初中转到一所偏远的学校，我本以为这是好事，但后来我听说这是件坏事。我是说，我对此并没有什么概念。在我看来，所有的学校都不过是垃圾场，它们之间的优劣之分对我来说无关紧要。可是报纸上都在说这件事，接着孩子们也开始紧张起来。要知道，那是八月。学

---

① Today show，美国全国广播公司（NBC）晨间新闻节目，从1952年开播至今从未间断，是美国播放时间最长、收视率最高的晨间新闻节目。
② 泛指当时附属于美国三大电视网（CBS、NBC、ABC）的晚间新闻节目。

校还没开学。我以为约瑟夫会对转校感到恐惧，但他看起来并不害怕，所以我就忘了这件事，直到我沿着哈德逊街开车经过那所准备废除种族隔离的学校时，看到女人们正排队游行。你猜是谁站在队伍里，气势汹汹，面前举着比她妈妈的十字架还要大的标语？"**母亲们也有权利！**"上面写道。[1]

我继续向前行驶，然后又改变了主意。我绕着街区，放慢车速，按了按喇叭。

罗伯塔看向这边，看到我之后，她向我招了招手。我没有回应，但也没有离开。她把牌子递给另一个女人，来到我停车的地方。

"嗨。"

"你在做什么？"

"抗议示威。不然我看起来像是在做什么？"

"为了什么？"

"你这是什么意思：'为了什么？'他们想带走我的孩子，把他们送去别的街区。他们不想去。"

"他们去别的学校又怎样？我的儿子也会被巴士送去别处，而我并不介意。你为什么要介意？"

"这与我们无关，特薇拉。与你我都无关。这关乎的是我们

---

[1] 此处指美国 70 年代为了废除教育系统中的种族隔离政策而采取的措施，即把居住在实质上仍然处于种族隔离状态的社区的孩子通过巴士转运到别的学区，以让在校学生的种族组成更加多元。这一举措在黑人和白人群体中都引起了不满。

的孩子。"

"还有什么比这与我们更相关？"

"好吧，这是一个自由的国家。"

"现在还不是，但以后会是。"

"你这是什么意思？我又没对你做什么。"

"你真的这么想吗？"

"我很清楚。"

"我想知道是什么让我以为你和其他人不一样。"

"我想知道是什么让我以为你和其他人不一样。"

"看看她们，"我说，"看看。她们以为自己是谁？她们蜂拥而至，仿佛这儿是她们的地盘。现在她们觉得自己可以决定我的孩子去哪儿上学。看看她们，罗伯塔。她们和'笨蛋'没什么两样。"

罗伯塔转过身去，看着那些女人。现在几乎所有人都一动不动地站着，等待着。一些人甚至向我们靠近。罗伯塔眼底仿佛有一台冰箱，眼神冰冷地看向我。"不，她们不是'笨蛋'。她们只是母亲。"

"那我又是什么？瑞士奶酪？"

"我给你卷过头发。"

"我讨厌你碰我的头发。"

女人们移动过来。在她们看来，我们的表情一定很刻薄，而她们看起来像是迫不及待地想要冲到警车前面，或者更好的选项是，冲进我的车里，抓住我的脚踝，把我拖走。现在，她们包围了我的车，开始轻轻地、轻轻地摇晃它。于是我像个横向摆动的溜溜球一样来回摇摆。我不由自主地伸手去拉罗伯塔，就像曾经在果园里，当她们发现我们在偷看她们，而我们不得不逃走的时候，如果我们中有一个人摔倒了，另一个人会把她拉起来，如果我们中有一个人被捉住了，另一个人会留下来又踢又抓，谁也不会丢下对方。我把手臂伸出车窗，但那本应接应我的手却不在那里。罗伯塔面无表情地看着我在车里晃来晃去。我的钱包从座椅上滑到了仪表盘底下。终于，那四个在车里喝着无糖汽水的警察看见了，慢悠悠地从那群女人中间挤了过来。他们用平静而坚决的口吻说："好了，女士们。要么回到游行队伍里，要么离开这条街道。"

一些人主动走开了，另一些人被催促着离开了我的车门和引擎盖。罗伯塔仍留在原地。她定定地看着我。我笨手笨脚地发动汽车，但没有成功，因为变速挡没挂空挡。汽车座椅上，东西乱作一团，我的超市优惠券在摇晃的过程中撒得到处都是，我的钱包敞开着，摊在地上。

"也许我现在不同了，特薇拉。但你没有变。你还是那个从州里来的会在一个可怜的黑人老妇人倒在地上时踢她一脚的孩子。你曾经踢过一位黑人女士，你还敢说我偏执。"

优惠券七零八落，钱包的夹层在仪表盘下被压出了褶皱。她说什么？黑人？玛吉不是黑人。

"她不是黑人。"我说。

"她不是才怪，你还踢了她一脚。我们都踢了。你踢了一个连叫都叫不出声的黑人女士。"

"骗子！"

"你才是骗子！你为什么不回家去，别来烦我们，行吗？"

她转过身去，我迅速开车离开了。

第二天早上，我走进车库，将我们用来装便携式电视的纸箱裁下侧面。它不算大，但过了一会儿，我有了一个像样的标语牌，白色背景上有红色的喷涂字母：**孩子们也有 ******。我本来打算直接去学校，把它钉在什么地方，让在街对面游行的母牛们看见它，但当我到那里的时候，已经有十几个人聚集起来，抗议街对面的母牛们。警方许可，万事俱备。我加入了队伍，在我们的阵营中昂首阔步地前进，罗伯塔的阵营则在街对面昂首阔步地前进。第一天，我们都保持庄重，假装另一方并不存在。第二天，有人开始咒骂，比比画画。但也就止步于此了。人们会时不时更换标语，但罗伯塔从没换过，我也没有。事实上，没有罗伯塔的标语，我的就根本不成立。"孩子们也有什么？"我这边的一位女士问我。"有权利。"我说，仿佛这显而易见。

罗伯塔没有以任何方式回应我的存在，我渐渐觉得，或许她并不知道我在那儿。我开始调整自己的步速，前一分钟还在人群中推搡，下一分钟又落在队伍后面，这样我和罗伯塔就会同时到达各自队伍的末尾，当我们转身时，有那么一刻，我们会面对面。尽管如此，我还是不确定她是否看到了我，是否知道我的标语是写给她看的。第二天，我比约定的集合时间提前到了。我一直等到她来，才拿出我的新作品。她一举起"**母亲们也有权利！**"，我就开始挥动我的新作"**你又怎么知道?**"。我知道她看见了，但我已经上了瘾。我的标语一天比一天疯狂，和我同一阵营的女人们一致认为我是个怪人。她们对我那绝妙而引人注目的海报根本摸不着头脑。

这天，我带来了一块涂成大红色的牌子，上面写着几个大大的黑色字母："**你妈妈还好吗?**" 那天罗伯塔在午休之后没有回来，之后的几天里也没有再来。两天后，我也不再去那儿了，没人会惦记我，因为没人能读懂我的标语。

那是令人不悦的六个星期。学校停课了，十月前约瑟夫哪所学校也没去成。孩子们——每家的孩子——很快就厌倦了这个他们本以为会很棒的长假。他们看电视看得眼睛都无精打采。我花了几个上午辅导儿子的功课，就像其他妈妈说的我们理应如此。我把一篇他去年没有上交的文章读了两遍。他在我面前打了两次呵欠。其他几个妈妈安排了家庭课程，以便孩子们能跟上进度。没有一个孩子能集中注意力，于是他们又看起了《价格猜猜猜》①

---

① The Price is Right，1972 年美国哥伦比亚广播电视公司（CBS）推出的一档电视游戏节目，其中参赛者通过猜测商品的价格赢得现金和奖品。

和《脱线家族》①。等到学校终于开学了，又发生了一两起斗殴事件，街道上不时有警笛声呼啸而过。从奥尔巴尼②来了很多摄影记者。就在美国广播公司也要派出他们的新闻团队时，孩子们安定了下来，就像什么都没发生过一样。约瑟夫把我那条"**你又怎么知道？**"的标语挂在了他的卧室里。我不知道"**孩子们也有 ******"去哪儿了。我猜詹姆斯的父亲在那上面清洗过鱼。他总是在我们的车库里捣鼓着什么。他的五个孩子都住在纽堡，而他表现得就像自己又多出了五个家一样。

约瑟夫高中毕业的时候，我忍不住去找罗伯塔，但我没有见到她。她在车边对我说的那番话并没有让我感到困扰。我指的是踢人的那部分。我知道我没有那么做，我不可能做出那样的事。但让我感到困惑的是，她告诉我玛吉是个黑人。当我试着回想的时候，我其实并不确定。我知道她并非黑得如沥青一般，不然我一定会记得。我记得她的那顶儿童帽，还有那双罗圈腿。在很长的一段时间里，我试着让自己不去在意种族的问题，直到我意识到真相已经摆在那里，而罗伯塔也知道。我没有踢她，我没有和石小姐们一起踢那位女士，但我确实想踢。我们看着她，从来没有试着帮助她，也没有替她呼救。玛吉就是我那跳舞的妈妈。我想，她又聋又哑。内心深处孤身一人。没有人会听见你在夜里哭

---

① The Brady Bunch，1969 年 9 月至 1974 年 3 月在美国广播电视公司（ABC）播出的一部情景喜剧，故事内容围绕一个有六个孩子的大家庭展开。
② Albany，纽约州首府。

泣。没有人能告诉你任何你可能用得上的重要事情。她走路的时候舞动、摇摆。当石小姐们把她推倒，开始对她施暴时，我知道她不会尖叫，也不能尖叫——就像我一样，而我却对此感到高兴。

我们决定不买圣诞树，因为我们会在詹姆斯的父母家过圣诞节，所以为什么要分别买两棵圣诞树？约瑟夫上了纽约州立大学新帕尔茨分校，我们说好了，我们必须节省开支。但我在最后一刻改变了主意。也不至于那么糟。于是我匆忙地在市中心四处寻找一棵圣诞树，要小而茂盛的那种。当我找到地方时，天色已晚，还下起了雪。我磨磨蹭蹭，仿佛这是全世界最重要的一次采购，卖树的那个人已经对我不耐烦了。最后我选了一棵，让人把它绑在汽车的后备厢上。我缓缓地行车离开，因为撒沙车还没有出现，而刚刚下过雪的马路可能是致命的。市中心的街道很宽敞，空荡荡的，只有一群从纽堡酒店里走出来的人。这是城里唯一一家不是用硬纸板和有机玻璃建成的酒店。可能派对刚刚散场。男士们穿着燕尾服，在雪地里挤作一团，女士们则披着毛皮大衣。他们的大衣底下有什么东西在闪闪发光。看着他们，我觉得很疲惫。疲惫，疲惫，疲惫。下一个转角处有一家小餐厅，窗前挂着一圈又一圈的纸铃铛。我停下车，走了进去。在我回家并努力在平安夜前搞定一切之前，我只想喝杯咖啡，享受二十分钟的宁静时光。

"特薇拉？"

她就在那里，穿着银色晚礼服和深色毛皮大衣。在她身边还有一男一女。那个男人正在摸索零钱准备投进香烟贩卖机。那个女人哼着歌，用指甲敲着柜台。他们看起来都有一点醉意。

"哦。是你。"

"你好吗？"

我耸了耸肩。"还不错。就是累坏了。圣诞节和所有的一切。"

"中杯吗？"柜台前的女人问道。

"可以。"罗伯塔回道，又接着说，"在车里等我。"

她溜进了我的卡座，坐在我旁边。"我得告诉你一件事，特薇拉。我打定了主意，如果我再见到你，就把这件事告诉你。"

"我宁愿什么也不听，罗伯塔。反正现在也无所谓了。"

"不，"她说，"不是那件事。"

"别让我们等太久。"那个女人说。她拿着两个中杯外带咖啡出去了，男人一边走一边剥开烟盒的包装纸。

"是关于圣伯尼和玛吉的。"

"哦，别提了。"

"听我说。我真的以为她是黑人。我不是编的。我真的这么以为。但我现在不能确定了。我只记得她很老，非常老。因为她不能说话——你知道，我以为她是个疯子。她和我妈妈一样是在一所机构里长大的，我以为我也会像她们一样。你是对的。我们没有踢她。是那些石小姐。只有她们踢了。可是我也想踢。我真的想让她们去伤害她。我说我们也那么做了。你和我，但那不是真的。我不希望你一直把这件事挂在心上。只是那天我太想那么做了——想了就是行动了。"

她的双眼泛着泪光，我猜是因为她喝了酒。我知道自己也是如此。喝了一杯酒，我就会因为各种小事号啕大哭。

"我们那时还是孩子，罗伯塔。"

"是的。是的。我知道，只是孩子。"

"八岁。"

"八岁。"

"很孤独。"

"也很害怕。"

她用手掌内侧擦了擦脸颊，笑了起来。"好了，这就是我想说的全部了。"

我点了点头，想不出什么有办法可以填补这从餐厅涌出、越过纸铃铛又落在雪地里的沉默。现在雪下得很大。我想我最好等撒沙车经过后再回家。

"谢谢你，罗伯塔。"

"没事。"

"我告诉过你吗，关于我妈妈的事，她一直没有停止跳舞。"

"是的。你告诉过我。而我妈妈，她一直都没有好起来。"罗伯塔把手从桌上抬起来，用手掌捂住脸颊。当她放开手时，她真的哭了起来。"哦，该死，特薇拉。该死，该死，该死。玛吉到底经历了什么？"

在黑暗中游戏：白人性与文学想象 [①]

① 《在黑暗中游戏：白人性与文学想象》（*Playing in the Dark: Whiteness and the Literary Imagination*）由托妮·莫里森于 1990 年在哈佛大学"威廉·E.梅西讲座"上发表的系列演讲编撰、扩充而成。

序

几年前，我想是一九八三年，我阅读了玛丽·卡迪纳尔[①]的《言之有物》。与荐书人的热情相比，书的标题对我更具说服力：取自布瓦洛[②]的这几个字[③]道出了一位小说家的全部议程和明确目标。但卡迪纳尔的作品并非虚构；她的目的是用尽可能准确又发人深省的语言，记录她的精神失常、她所接受的心理治疗和复杂的疗愈过程，从而让对此并不熟悉的读者也能够了解她的经历与体会。在某些类型的精神分析中，生活将自己投身于叙事之中得到了最有力的展现，而在呈现生活的"深层故事"这一方面，卡迪纳尔证明了自己是一个理想的人选。她写过几本书，得过国际

---

① Marie Cardinal（1929—2001），法国小说家、演员。

② Nicolas Boileau-Despréaux（1636—1711），17 世纪法国诗人、批评家。

③《言之有物》一书的原标题为 *The Words to Say It*，此句出自布瓦洛《诗的艺术》："你心里想得透彻，你的话自然明白，表达意思的词语自然会信手拈来。*Whaterer is well conceived is dearly said, and the words to say it flow with ease.*"（译文出自人民文学出版社 2010 年版的《诗的艺术》，范希衡译）。

文学奖，还教过哲学；在她康复的过程中，她承认自己一直计划着有一天会将这些经历写下来。

这本书非常引人入胜。虽然一开始，我怀疑它是否应该被归类为"自传体小说"，但这个标签很快就显现出其准确性。它像大部分小说一样，有选择性地安排场景和对话，以满足传统的叙事观。书中有倒叙，有恰到好处的描述性段落、严谨的行动节奏和及时的揭示。显然，她的考量、策略，和她为了化混乱为条理而付出的努力，都是小说家们所熟悉的。

从一开始，我就纠结于一个问题：作者到底是在什么时候知道自己陷入了困境？是哪个叙事时刻，哪个镜像式甚至奇观式的场景，让她确信自己即将崩溃？在书中不到四十页的地方，她写到了那个时刻——她"与那个东西的第一次相遇"。

　　我第一次焦虑发作是在路易斯·阿姆斯特朗[1]的音乐会上。当时我十九岁或二十岁。阿姆斯特朗正准备用他的小号即兴创作一部完整的作品——在这部作品中，每一个音符都至关重要，都包含着整首乐曲的精华。他没有让我失望：气氛很快变得热烈起来。在其他飘扬着的爵士乐器的烘托之下，阿姆斯特朗的小号获得了充分的空间来继续爬升、稳住脚跟，然后再次起飞。有时，小号的声音交叠在一起，汇成

---

[1] Louis Armstrong（1901—1971），美国著名黑人爵士乐音乐家，被誉为"爵士乐之父"。

一个新的音乐基点，一个母体——它孕育出一种精准而又独特的音符，沿着近乎痛苦的轨迹追踪着某个声音。它的平衡性和延续性变得不可或缺，撕扯着追随乐声之人的神经。

我的心跳开始加速——它变得比音乐更有力——它猛摇着我的肋骨，挤压着我的肺，使空气无法进入。想到我可能会在痉挛中死去，两脚四处乱蹬，人群将会为此尖叫，我便惊慌不已，像着了魔一样冲到了大街上。

我记得，读到这句话时，我笑了。一方面，我赞叹于她对音乐的回忆如此清晰——令人身临其境；另一方面，一个疑问闪过我的脑海：路易斯那晚到底演奏了什么？他的音乐中有什么东西，竟让这位敏感的年轻女孩上气不接下气地跑到街上，直到她看到一朵"外形窈窕，但内心已四分五裂"的山茶花，并被它的美丽与残败所震撼？

阐述这一事件对于卡迪纳尔开始她的心理治疗至关重要，但这个促使她焦虑发作的意象却没有得到任何人的重视——无论是她自己、她的心理分析师，还是为这本书撰写了前言和后记的名医布鲁诺·贝特尔海姆①。是什么点燃了她对死亡的强烈恐惧（她脑中想着、嘴里喊着"我要死了！"），激起了她对身体失控的焦虑（"什么都不能安抚我，于是我继续奔跑"）？在面对即兴的天

---

① Bruno Bettelheim（1903—1990），奥地利心理学家，1944 年加入美国国籍。

才、崇高的秩序、沉着的姿态和永恒的幻觉时，她为什么选择出逃？他们对此都不感兴趣。"一个精确而又独特的音符，沿着近乎痛苦的轨迹追踪着某个声音。它的平衡性和延续性变得不可或缺，撕扯着（当然，除了阿姆斯特朗以外）追随乐声之人的神经"（斜体是我添加的）①。令人难以忍受的平衡性与延续性，扰乱人心的协调与持久：这都是对那破坏卡迪纳尔生活的疾病的绝妙比喻。伊迪丝·琵雅芙②的音乐会或德沃夏克③的作品会产生同样的效果吗？当然，这都有可能。但引起我注意的是，对于卡迪纳尔的"着魔"而言，爵士乐所延伸出的文化联想是否与它的思想根基同样重要。很长一段时间以来，我一直对非黑人作家的文学作品中，黑人角色是如何引出"发现""转变"或"强调"这些关键时刻很感兴趣。事实上，我已经开始像玩游戏一样随手记录下相关的例子。

　　路易斯·阿姆斯特朗事件成为这些档案中的一个新增条目，它也让我反思爵士乐的影响力：它给听众带来的本能、情绪与智识上的冲击。随后，卡迪纳尔在自传中又描述了另一个闪光的时刻。但这次，她没有对黑人音乐家的艺术创作产生极端的身体反应，而是阐发了一种对黑人——或者说非白人——形象之概念

---

① 即此句中用仿宋字体表示的部分。

② Edith Piaf（1915—1963），法国最受欢迎的女歌手之一，代表作《玫瑰人生》（*La Vie En Rose*）。

③ Antonín Leopold Dvořák（1841—1904），19 世纪最重要的作曲家之一，捷克民族乐派主要代表人物。

的回应。作者将她疾病的表征——那些有关恐惧和自我厌恶的幻象——称作"那个东西"。在重塑"那个东西"所激起的强烈的厌恶之情源自何处时,卡迪纳尔写道:"对我来说,当我知道我们要袭击阿尔及利亚时,'那个东西'就在我的心里永远地扎下了根。阿尔及利亚是我真正的母亲。她存在于我的体内,就像一个孩子的血管里流淌着父母的血液。"接着,她记录了阿尔及利亚战争给她——一个出生在阿尔及利亚的法国女孩——带来的矛盾与痛苦,以及这个国家如何让她联想到自己童年的快乐和尚未成熟的性意识。在弑母与白人杀害黑人母亲的影像变换中,她找到了"那个东西"的根源所在。心灵所经受的摧残又一次与社会统治下的种族关系相呼应。她是一个殖民者,一个白人女孩;她充满爱心,也受到阿拉伯人的喜爱。但她也被告诫,除了维持那些疏远且受约束的关系之外,不要和其他阿拉伯人交往。的确如此:一朵"外形窈窕,但内心已四分五裂"的白色山茶花。

在卡迪纳尔的故事中,黑人、有色人种以及"黑"的象征形象是仁慈与邪恶的标志,是象征着(《古兰经》里的飞马一般的)灵性与纵欲的符号,是贞洁与克制之下"罪恶"但诱人的肉欲的表征。这些形象在这本自传中成型,发展成某种模式,并在其中肆意畅游。她在心理治疗的过程中最早意识到的问题之一与在她青春期前发生的性行为有关。当她开始理解且不再鄙夷自己的这一面时,她勇敢地在离开医生办公室时站起来告诉他:"你不应该把那尊石像鬼放在你的办公室里，它太丑了。"她还提到，"这是我第一次以病人之外的身份跟他讲话。"这尊石像鬼象征着恐怖与畏惧，它也标志着一种突破，并成为表述这一突破的关键所在。现在，这位获得解放的病人已经可以控制自己的一部分恐惧了。

在我的档案中逐渐堆积起来的，还有很多其他叙事转换的手法：隐喻、召唤，以及有关胜利、绝望与终结的修辞策略。这些修辞都取决于人们对所接受的那些与黑人形象相伴的、表示恐惧与爱的话语的接受。我认为，它们与作家工具包中的那些意象来源——比如水、逃亡、战争、诞生、宗教——同属一类。

这些对玛丽·卡迪纳尔文本的思考本身，对于理解这本书来说并非完全必要。它仅仅说明了我们每个人是如何阅读，如何在参与其中的同时观察我们所读到的内容。我之所以在此呈现我在阅读这本书时的思考，是因为它体现了我研究兴趣的不同阶段：首先，文学表达中对黑人形象和黑人角色的普遍运用；其次，简单来说，就是在使用黑人形象的背后那些想当然的假设；最后，就这本书的主题而言，这些形象的来源和它们对文学想象及其产物的影响。

对我来说，这些问题之所以挥之不去，主要是因为我无法以同样的方式理解和使用这些传统意义上派得上用场的、被建构的黑人形象。无论是黑人还是"有色人种"，二者都不会让我联想到过量而无限的爱、无政府状态，或者惯性的恐惧。我无法利用这些隐喻走捷径，因为作为一个黑人作家，我在这种话语中苦苦挣扎，也试图与之抗争——它可以强烈地唤起种族优越性、文化霸权和"他者化"的隐秘符号并将其付诸实践；它轻蔑地将人和语言"他者化"，而在我的作品中，它们绝非边缘，也并非完全已知或可知。我的弱点可能在于浪漫化黑人，而不是将其妖魔化；在于批判白人，而不是助长他们的气焰。这份我梦寐以求的工作促使我想方设法把语言从它时而险恶、往往懒惰，但几乎总在预料之中的种族枷锁中解放出来。（在我唯一的短篇小说《宣叙调》中，我实验性地把所有种族符号从故事中抹去，而种族身份对于两个属于不同种族的角色来说至关重要。）

对于一个作家来说，写作与阅读并没有那么不同。二者都需要我们保持警觉，准备好面对那些无法解释的美，面对作者或繁复或简洁的想象力，面对想象力所打开的世界。二者都需要我们时刻注意想象力会在哪里误入歧途，锁住自己的大门，污蚀自己的目光。写作和阅读都意味着理解写作者对风险和安全的概念，都是一场或平静或艰苦的、通往意义与责任的旅程。

A.S.拜厄特[①]在《占有》中描绘了一种在我看来与写作紧密相联的阅读体验："在能够说出我们所知或是得知的方法前，便意识到我们应以不一样的、更好的或更令人满意的方式去认识这些作品。用这种方式阅读的时候，我们会感到这些文字从未见过，

---

① Antonia Susan Byatt（1936—　），英国作家、诗人。其代表作《占有》获得1990年布克文学奖。

像是全新的一般；随之，我们会产生另一种感受——我们觉得它们向来存在，而我们作为读者也一直知道它就在那里，一直是它应有的模样，哪怕我们直到现在才第一次有所意识，第一次充分明白我们意识到了什么。"

从想象力中诞生的作品经得起并吸引着读者反复阅读，它不仅吸引着同时代的读者，还向未来的读者发出邀请。这种想象力预示了一个可以共享的世界与一种无限灵活的语言。读者和作家都在努力用一种共同的语言诠释和运行这个可以与他人共享的想象世界。尽管在这一过程中，读者付出的努力不容忽视，但作者的参与——他们的意图、盲点和视野——也是想象力活动的组成部分。

出于一些无须在此解释的原因，直到最近，无论作者的种族背景如何，几乎所有美国小说的读者都被定位为白人。我想知道，这样的臆断对于文学想象来说意味着什么。在什么情况下，种族意识或种族"无意识"可以丰富文学解读，又在什么情况下会使其贫瘠？在美国这个完全种族化的社会里，当一个人将其作为作家的自我抽身于种族之外，而把其他所有自我置于种族话语之中时，又意味着什么？当一个黑人作家在某种程度上总是有意识地在一群自认为"普世"或无种族的读者面前呈现或撤去自己的种族身份，这个作家的想象力会发生怎样的变化？换言之，"文学的白人性"和"文学的黑人性"是如何形成的，这种种族建构的后果是什么？在以所谓的"人文主义"为目的或口号的文学活动中，种族话语（而不是种族主义话语）的内在假设起到了什么作用？在一个有种族意识的文化中，我们什么时候离那个崇高的目标更近，什么时候离它更远，为什么？当一个国家中的人民决定，其世界观既要包括对个体自由的追求，又要包含毁灭性的种族压迫机制，对于生活在其中的作家而言，这会是一幅独特的图景。当这种世界观作为一种主体性得到严肃对待时，诞生于其内部与外部的文学为我们提供了一种前所未有的机会，来理解想象力活动的弹性与重量，它的缺陷与强大。

无论作为作家还是读者，对我来说，思考这些问题都是一种挑战。它让阅读和写作都变得更加困难，但也更有意义。实际上，它让我从文学作品中收获的快乐变得更加强烈、更加深刻——在种族化的社会对创作过程不断施压的情况下，文学仍能为我带来喜悦。我一次又一次地为美国文学所蕴藏的巨大财富而感到惊喜。那些对自己作品中所蕴含的全部价值负责任的作家，是多么令人激动！那些在共享的语言中探寻、钻研，以求"言之有物"的人所取得的成就，是多么令人振奋！

托妮·莫里森

1992 年 2 月

第一章　黑，至关重要

> 深深打动我的幻想
>
> 缠绕着这些意象，挥之不去：
>
> 关于那些无限温柔
>
> 又无限痛苦的生命。

T.S. 艾略特[①]

《序曲之四》节选

　　本书提出的论点是，美国文学研究应该扩展为一个我希望中的、更广阔的领域。可以说，我想要绘制一幅批判地理学[②]的

[①] T. S. Eliot（1888—1965），英国诗人、剧作家和文学批评家，诗歌现代派运动领袖，代表作《荒原》。

[②] 又称激进地理学，是一种以法兰克福学派的批判理论作为研究方法的地理学次领域。兴起于 20 世纪 70 至 80 年代，该学科试图从马克思主义的理论出发，反击规范性技术的实证主义计量方法。此处为衍生义。

地图，并利用这幅地图为发现新事物、展开智识的历险和细致的探索开辟尽可能多的空间，就像最初那张为了抵达"新世界"而绘制的航海图一样——但我的目的并非征服。我试图避开颠覆一切的幻想与要塞城墙上集结口号的阻碍，从而归纳出一个兼具魅力、成果与争议的关键议题。

我想首先澄清的一点是，我不会把文学批评家的方法作为我在探索这些问题时唯一或主要的手段。成为作家之前，我是一个读者，我按照别人教我的方式阅读。但成为作家之后，这些书向我展现出了非常不同的样貌。作为作家，我必须全心全意地相信自己有能力想象他人，并愿意有意识地把自己投射到对我来说可能意味着危险的他人的世界中去。我对作家们如何做到这一点充满好奇：荷马是如何让我们对一个吞噬人心的独眼巨人[1]心生怜悯，陀思妥耶夫斯基又是如何让我们对斯维德里加依洛夫和梅什金公爵[2]感到亲近。我对福克纳的班吉、詹姆斯的梅西、福楼拜的爱玛、梅尔维尔的皮普和玛丽·雪莱的弗兰肯斯坦[3]也都心怀敬畏——我们每个人都能再举出一些这样的例子。

我感兴趣的是，就小说而言，是什么给予小说创作进入陌生领地的动机和可能，又是什么阻止它涉足那些意识当中作家的

---

[1] 即希腊神话中的独眼巨人波吕斐摩斯，他在荷马史诗《奥德赛》中扮演了相当重要的角色。
[2] 二者分别是陀思妥耶夫斯基《罪与罚》与《白痴》中的角色。
[3] 此处提到的分别是《喧哗与骚动》《梅西的世界》《包法利夫人》《白鲸》《弗兰肯斯坦》中的角色。

想象力所不及的隐秘角落？我的工作让我思考，作为一个非裔美国女作家，我在这个性别化、性化且完全种族化的世界里能够拥有多大的自由。理解（并对抗）自身处境的全部隐喻，这让我对其他作家是如何在一个历史上高度种族化的社会中写作产生了好奇。对他们来说——正如对我来说，想象不仅仅局限于观望或凝视，也不是将自己完好无缺地代入他人的世界。以写作为目的的想象即成为他人。

我的这一探索源于喜悦而非失望。它源于我了解作家是如何把他们社会基底中的诸多方面转化为语言的不同表达；如何讲述不一样的故事，展开不为人知的战斗，写就隐匿于文本之下的种种论争。它源于我确信，作家们在某种程度上一直知道他们正在这么做。

一段时间以来，我一直在思考某种被文学史家和评论家们普遍接受、并作为"知识"广为流传的论调的合理性，或它的弱点所在。这种"知识"认为：在传统、主流的美国文学中，在这片大陆上生活了四百多年的黑人并不存在，无论是早先的非洲人还是后来的非裔美国人；他们既不为人所知，也不产生任何影响。它假定，尽管黑人的存在塑造了这个国家的政体、宪法和整个文化史，但对于这一文化中文学的起源和发展，他们不具有任何重要的地位或影响力。此外，这种知识还假定，我们国家的文学其特点源于一种独特的"美国性"，而这种"美国性"与黑人无关，也无须对他们负责。文学学者之间似乎或多或少地有种默契，他们认为美国文学显然是白人男性的见解、天赋和权力的领地，因此，这些见解、天赋和权力与在美国人数众多的黑人毫无关系。这种共识所涉及的对象是一个先于任何一位知名美国作家出现在美国的族群，而我也逐渐相信，他们是美国文学最深远而隐秘的影响因素之一。思索美国文学中黑人的存在对于理解我们国家的文学至关重要，我们不应任由它徘徊在文学想象的边缘。

这些推想也让我思考，我们国家的文学中一些受到拥护的主要特征——个人主义、男子气概、社会参与和历史孤立的对峙、尖锐而模糊的道德困境、对纯真的主题性探索和对死亡与地狱形象的痴迷的结合——是否实际上并非是对一个晦暗、持久且有所暗示的非洲主义存在的回应。我意识到，美国文学之所以能成为一个自洽的体系，正是因为这个无处安身并令人感到不安的族群。正如国家的形成需要通过语言编码和刻意的制约，来应对核心之中虚伪的种族观念与道德缺陷，文学也是一样；其创立之初的特征一直延续至二十世纪，并在这一过程中不断强化着编码和制约的必要性。我们可以透过那些重大而明显的疏漏、惹人关注的矛盾和极其微妙的冲突，透过作家们用黑人符号与黑人身体填充他们作品的方式，看到一种或真实或虚构的非洲主义式存在对于他们理解"美国性"是何等重要。这一点显而易见。

我对这种经过细致观察与精心发明的非洲主义式存在的起源

与文学用途的好奇心已经发展为一种非正式的研究，一种我称之为"美国非洲主义"[①]的研究。我所探究的是非白人的、类非洲的[②]（或非洲主义的[③]）存在与角色是如何在美国被构建起来，而这种虚构的存在又是如何通过想象力发挥作用。我对"非洲主义"的定义既不同于哲学家瓦伦丁·姆丁贝[④]——他用这一术语指代与非洲相关的庞大知识体系；也不指居住在这个国家的非洲人及其后代的多样性与复杂性。准确地说，我用这个词来表示非洲人及其后裔所象征的"黑人性"的表意与内涵，以及欧洲中心主义视角下关于这一群体的各种观点、假设、解读和误读。作为一种修辞，非洲主义的使用没有受到多少限制。作为文学话语中一种致残的病毒，非洲主义在美国教育所推崇的欧洲中心主义传统中成了一种谈论与维护一系列议题——阶级，性特权，权力的压迫、形成与实践，对道德和责任的思考——的方式。通过简单地妖魔化和具体化人类调色板中的一个色域，美国非洲主义让言说与缄默、书写与抹除、逃离与参与、逆反与顺从、历史化与去时代化成为可能。它提供了一种思考混乱与文明、欲望与恐惧的方式，以及一种检验自由之利弊的机制。

当然，在建构非洲主义的过程中，美国并非孤例。南美洲、

---

① 原文为 American Africanism。
② 原文为 Africanlike。
③ 原文为 Africanist。
④ Valentin-Yves Mudimbe（1941— ），刚果裔法国哲学家、哲学史家、非洲文化与思想史学者。

英国、法国、德国、西班牙——这些国家的文化都在某些方面参与了"发明非洲"的过程，并为这个发明出来的非洲做出了自己的贡献。长期以来，没有一个国家相信标准与知识的出现与统治结构无关。对于欧洲人与欧洲化了的人来说，他们所共有的这种建立在命名与价值分配之上的排他手段使得大众和学界一致认为，种族主义是一种"自然"——尽管它令人恼火——的现象。但如今，几乎所有这些国家的文学都持续遭受着对其种族化话语的批评。美国是一个奇怪的例外，尽管它是最早的、有黑人伴随着白人（如果我们能用"伴随"这个词的话）——甚至在许多情况下先于白人——定居的民主国家。在这个有着特定构造的社会体系中，在缺乏对非洲人和非裔美国人的真实了解和虚心探索的情况下，在意识形态和帝国主义征服理论的压力下，一种美国式的非洲主义诞生了：它符合人们迫切的需要，从头到脚都能为人所用；它让人们自我感觉良好，而且随处可见。来自欧洲的文化霸权已经在美国普及开来，但它并没有被这个崭新的国家所重视，这为美国确立一种新的文化霸权提供了优越的条件。通过一种有距离感的非洲主义来赋予美国凝聚力，成为了这种新型文化霸权的运作模式。

以上这些观点不应该被简单地解读为我试图把美国黑人研究的焦点转移到另一处。我不想为了改变一种等级制度而去建立另一种。我也并不鼓励非裔美国研究采用那些一概而论的研究方法，其唯一目的就是替换统治主体——用非洲中心主义取代欧洲中心主义的支配地位。我更感兴趣的是：是什么使思想统治成为可能；知识如何从入侵与征服转化为启发与选择；是什么激发并充实了文学想象，又是什么促成了批评原则的建立。

除此之外，我还想知道，文学批评是如何伪装其目的，并在这一过程中令它所研究的文学变得更为贫瘠。作为一种知识，文学批评不仅能够剥夺文学外显与内隐的意识形态，还能剥夺它的观点；它罔顾作家为创作所做的困难而艰苦的工作，而正是这些工作让这种艺术成为人文景观中重要的组成部分，并得以保存。我们应该看到，非洲主义与文学批评的审慎考量——以及后者为了将非洲主义从其视野中抹去所采取的肆意而周密的策略——是如何密不可分，或者二者为何应该保持密不可分的关系。

非洲主义在文学想象中占据什么位置，它又是如何发挥作用的——这些问题之所以重要，是因为通过仔细观察文学中的"黑人性"，我们可能会发现"白人性"的本质甚至缘起。它的目的是什么？在建构姑且能被称为"美国性"的这一特质的过程中，"白人性"的创立与演变起到了什么作用？如果有朝一日，这样的研究趋向成熟，它或许能为我们理解美国文学提供一种更深入的解读——这种解读如今尚未完全成形，我怀疑这主要是因为大多数文学批评刻意对这些问题漠不关心。

关于这一庞大而引人瞩目的课题的批判材料极度缺失，其中一个原因可能在于，在涉及种族议题时，在文学话语中占据统治地位的始终是沉默与回避。回避催生了另一种语言，一种用来将问题编码、阻碍公共辩论的替代性语言。那些激发了种族问题热议的剧震使这一情况变得愈发严峻。而让情况变得更加复杂的是，人们普遍认为对种族视而不见是一种优雅甚至慷慨的开明姿态。关注种族就意味着承认那些已然不攻自破的差异；通过沉默强行抹去种族的可见性，则意味着让黑人得以不在种族阴霾之下参与主流文化空间。按照这种逻辑，良善的本性拒绝对种族加以关注，并阻碍着成熟话语的形成。正是这种文学和学术惯例（它们在文学批评中畅行无阻，但在其他学科中，它们既没有得到认可，也无法证明自己的合理性），让一些一度颇负盛名的美国作家成为过去，让他们作品中的那些非凡的洞见无处可寻。

然而，这些惯例十分微妙，在摒弃它们之前，我们必须深思熟虑。如果不对这些微妙之处多加观察，就可能会导致学术界在客观性方面令人震惊的失误。一九三六年，一位研究埃德加·爱伦·坡作品中所谓的"黑人方言"的美国学者在一篇（显然为自己在涉及种族问题时所表现出的镇定自若而感到骄傲的）短文中如此开头："尽管他主要在南部长大，并在里士满和巴尔的摩度过了他创作生涯中最高产的几年，但坡对于老黑[①]没什么可说的。"[*]

虽然我知道这句话体现了那个时代体面的口语表达——"老

---

① 原文为 darky。

* 基里斯·坎贝尔. 坡对黑人与黑人方言的处理. 英语研究, 1936 (16): 106. Killis Campbell, "Poe's Treatment of the Negro and of the Negro Dialect", *Studies in English*, 16 (1936), 106. ——* 均为作者原注

黑"被认为是一个比"黑鬼"更令人接受的用词；但读到这里时，我不禁露出苦笑，并对这位学者的学术能力充满了警惕与不信任。如果用二十世纪三十年代的例子来说明当人们摒弃某些压抑种族讨论的礼数时可能会造成的谬误似乎有失公允，那么我可以向你保证，围绕这一现象同样过分的事例仍然很常见。

在美国的文学批评中，有关非裔美国人的存在及影响的文学话语形成了一种颇具装饰性的真空，其另一个原因来自一种用于理解种族歧视的思维定式，它从受害者所承担的后果出发，即从种族主义政策和态度对其客体所造成的影响出发，对其进行不对等的定义。大量的时间和智识被倾注在揭露种族主义及其受害者所遭受的可怕后果之上。人们付出了持续不断却又飘忽不定的努力，试图通过立法来缓和这些问题。还有一些强大且有说服力的尝试，通过分析种族主义的起源及其建构，来质疑那些认定种族主义在任何一种社会形态中都不可避免、持续存在、永恒不朽的假设。我不想贬低这些探索。正是因为它们，我们才在种族话语这一议题上取得了一些可喜的进展。但这些已有成效的研究应该联合另一个与之同样重要的研究方向：种族主义对那些固守种族主义之人的影响。对于种族主义是如何塑造其主体这一问题，人们所展现出的抗拒与忽视令人既心酸又错愕。我想在这里提出的是，我们应该研究种族等级、种族排他、种族弱势与优势等观念对那些曾持有、抵抗、探索或改变这些观念的非黑人的影响。探究奴隶的心智、想象力和行为的学术研究是有价值的。但为探察种族观念会对"主人"的心智、想象力和行为所产生的影响而做出贡献的审慎研究，也同样具有其价值。

历史学家、社会科学家、人类学家、精神病学家和一些比较文学的研究者都曾涉猎这些领域。文学学者也已经开始向不同国家的文学抛出这些问题。而对于拥有全世界最顽强的非裔群体之一的西方国家，我们急需给予其文学同样的重视；在这里，非裔群体与占主导地位的人群一直保持着一种奇特的若即若离的关系。当人们发现美国文学中的种族问题并予以关注时，评论界的反应往往是搬出人文主义这一万能药方，或者为它贴上"政治"的标签来无视这些问题。事实证明，将政治从思想活动中剥离出来是一种代价沉重的牺牲。我把对种族问题的抹除视作一种战战兢兢的疑心病，总是用不必要的手术治愈其自身。那些坚称文学不仅是"普世的"，而且还是"去种族化的"的批评，可能会使文学愈发麻痹，也贬低了艺术和艺术家的价值。

这时，可能会有推论认为我在这一探索中享有既得利益；认为由于我是一个非裔美国人、一个作家，我从这一系列问题中所获得的收益远不止智识上的满足。我必须冒着被指责的风险，因为这样的探索实在是太重要了：在美国这个完全种族化的社会中，不管是黑人作家还是白人作家，都无法摆脱带有种族色彩的语言，而作家为了让想象力从这种语言的束缚中解脱出来所做的工作既复杂、有趣，又有着决定性的意义。

和成千上万热爱阅读但没有受过学术训练的读者一样，美国一些极具影响力的文学评论家从未读过——并且骄傲地表示他们从未读过——任何非裔美国作家的作品。这似乎对他们没有任何害处，对他们的研究领域和影响范围也没有什么显而易见的限制。我有充分的证据相信，即使对非裔美国文学毫无了解，他们的事业也会继续壮大。然而，观察他们是如何在对文学进行深入探索的过程中无视那些在他们所研究的作品里如雷鸣般戏剧化的黑人形象的存在——那个充实、稳固或搅扰作品的元素——是多么引人入胜。美国文学批评界的权威以对非裔美国文学一无所知为乐，甚至把这种无知当作一种享受，这是一件多么有趣但并不令人惊讶的事。而真正令人惊讶的是，他们对阅读关于黑人的文本的抗拒——这种抗拒对他们的学术生涯毫无妨碍——在他们重读那些他们认为值得研究的传统文学经典时，仍在一遍又一遍地上演。

比如，我们可能在通读所有研究亨利·詹姆斯作品的学术著作后，却看不到任何人稍微论述——更不用说充分论述——那位在《梅西的世界》里推动情节发展，并为道德选择及其意义提供动力的黑人女性。我们从未见过一种解读《丛林猛兽》的方式，试图体会文中所描述的黑人形象是如何走向了我所认为的合情合理的结局。我们很难想到在关于格特鲁德·斯泰因[1]的《三个女人》的研究中，除了那位在小说中处于中心位置的黑人女性所

① Gertrude Stein（1874—1946），美国小说家、诗人、剧作家。

承担的探索和解释的功能之外，还有什么没有涉及的方面。我们很容易彻底忽略薇拉·凯瑟[①]笔下黑人角色所面对的紧迫和焦虑；没有人提到过种族对她最后一本小说《莎菲拉和女奴》中的技巧和可信度所造成的问题。在欧内斯特·海明威的作品和其中的黑人男性角色中，批评家们无法在有关黑皮肤、性和欲望的比喻中看出任何令人兴奋或意味深长之处。在弗兰纳里·奥康纳的作品中，他们也看不到上帝的恩典与非洲主义式"他者化"之间的联系。除了少数的例外，有关福克纳的文学批评将作家的主要命题归结为不着边际的"神话"，而把其后期关注种族和阶级的作品视为次要、肤浅、不断退步的作品。

与学术界这种有意为之的漠视极其相似而具有启发性的是，几个世纪以来，人们歇斯底里地对女性主义话语以及解读（或不解读）女性和女性议题的方式视而不见。但露骨的性别歧视话语在不断减少，而由于女性成功地掌控了自己的话语权，少数仍然存在的性别歧视话语也不再具有强大的影响力。

像作家一样，一个国家的文学也会尽可能地在有限的条件下寻找出路。但最终，文学似乎总会描绘并记录这个国家真实的想法。大部分时候，美国文学所关注的是如何建构一种新型白人男性。我对文学批评在这个话题上所表现出的无动于衷感到失望，但我还有最后的依靠——作家们自己。

---

① Willa Cather（1873—1947），美国作家，其作品以擅长描写女性与美国早期移民拓荒开垦的生活闻名。

作家是那些最敏感、最不受规训、最具代表性和探索精神的艺术家中的一员。想象自我以外的事物，让陌生的事物变得熟悉，让熟悉的事物变得神秘——这都是对作家能力的考验。他们使用的语言与这些语言所代表的社会与历史语境，都直接或间接地揭示了作家的能力与局限。因此，我寄希望于这些美国文学的创造者，期待他们对非洲主义在美国的发明与影响给出解答。

作为一名读者，我原以为黑人在美国白人作家的想象中几乎没有任何意义。除了作为偶发性丛林热①的对象，除了用来增添地方特色，增加真实性，提供必要的道德姿态、幽默或一丝感伤之外，黑人根本不会出现在文学作品中。我原以为，这真实地反映了黑人对作品中人物的生活与作者充满创意的想象力来说影响甚微。而与之相反的想象或写作——像某种政府配额般将黑人放置在一本书的页面和场景中，又是多么荒谬和虚假。

但后来，我不再作为读者，而开始以作家的身份去阅读。生活在一个种族分明并且以这种种族结构为基底的世界，我绝不是唯一一个对美国文化和历史状况的这一方面做出反应的人。我开始了解那些我所崇敬、所厌恶的文学在遭遇种族意识形态时是如何表现的。美国文学无法不被种族意识形态所影响。是的，我想找到在建构种族主义的过程中，美国文学充当同谋的时刻；但同

---

① 原文为 jungle fever，在通俗语境下指白人对有色人种，尤其是对黑人的性幻想。

样重要的是，我想知道文学在什么情况下会引爆种族主义、动摇其根基。不过这些问题都是次要的。比这远远更重要的，是研究非洲主义式角色、叙事与写作风格是如何自发地推动并充实文本，思考这对作者的想象力劳动来说意味着什么。

在试图想象一个非洲主义式他者时，文学话语会有怎样的编排？为了顺应与这一他者的相遇，作家会采取什么样的符号、编码和文学策略？作品中非洲人或非裔美国人的出现对作品有什么影响和作用？作为读者，我一直假定什么也不会"发生"：在任何重要的情况中，非洲人和他们的后代都不在场；而当他们出现时，也只不过起到一种装饰的作用，以展示作者那游刃有余的专业技巧。我想，既然作者不是黑人，那么作品中出现的非洲主义式角色、叙事与风格的意义，就不会超出作为小说背景的那个"正常"的、非种族化的、虚幻的白人世界。当然，我所讨论的这类美国文学作品从来就不是为黑人而写——就像《汤姆叔叔的小屋》不是为了汤姆叔叔而写，也不是为了说服他而写。当我以作家的视角阅读的时候，我渐渐明白了一个显而易见的道理：梦的主角是做梦的人。非洲主义式角色的构建是反身性[①]的，它是一次关于自我的特殊思考，是对存在于作家意识中的恐惧和欲望的有力探索。它是对人们内心的渴望、恐惧、困惑、羞耻和宽容的惊人揭示。我们很难忽略这一点。

---

① 由哲学进入社会学、人类学等经验研究的学科的概念，通常指一种由关于对象的知识生产返回到关于自我的知识生产的取向。

我仿佛在看着一个鱼缸——金色的鳞片在水中滑翔跃动，绿色的鳍尖，鳃部闪过一抹亮白；水底的城堡被鹅卵石与微小而繁杂的藻叶围绕着；几乎纹丝不动的水体，零星的排泄物和食物，气泡安静地浮上水面——突然，我看到了那个鱼缸，看到那个透明（且无形）的结构使它所容纳的井然有序的生命得以存在于更大的世界中。换句话说，我开始依赖我对书籍的写作过程、语言的产生方式的了解，对作家如何、为何在他们的作品中放弃或采用某些元素的判断。我开始依赖我对作家如何应对语言的角力，如何处理那伴随创作而必然产生的惊喜的理解。我愈发明白，美国人如何不言自明地采用一种时而诉诸寓言、时而诉诸隐喻，但总是阻塞不通的方式呈现黑人形象，以此谈论他们自己。

围绕文学批评中这种有意为之的盲点，我已经做了很多解释。如果这一盲点不存在，我的上述见解可能早已成为我们文学传统中惯常的一部分。习惯、态度和政见让人们拒绝接受这种批判的观点。薇拉·凯瑟的《莎菲拉和女奴》——一部几乎被批评界齐心协力驱逐出美国文学殿堂的作品，就是一个很好的例子。

在提及这部小说的时候，很多研究凯瑟的学者都会带着惋惜、轻蔑，甚至刻薄的姿态，简略地罗列书中的诸多缺陷。但很少有人提及这些缺陷的根源何在，以及这本书提出并体现了哪些概念性的问题。仅仅宣称凯瑟天赋不再、缺乏文学感受力、视野狭隘，这是在逃避他们本应仔细审视这本书失败所在的义务——前提是如果我们能用"失败"这个词来衡量一部小说。（这就好像在说小说和现实之间存在着一条分界线，坚守住这条线就有可能胜利，越过这条线则意味着失败。）

我怀疑《莎菲拉和女奴》的"问题"并不在于它的格局有限或作者才思不再。真正的问题在于如何从批判性和艺术性的角度厘清小说所关注的问题：一个白人女主人对她的女奴所行使的权力与特权。如何把小说的内容囊括进其他的意义之中？如何将一个白人女主人的故事与小说涉及种族和暴力的大前提分离开来？

如果《莎菲拉和女奴》既无法取悦也无法吸引我们，那么挖掘其中的原因可能会给我们带来很多启发。作为凯瑟生前写的最后一本书，这本棘手且不被重视、但对她而言很重要的小说似乎不仅仅讲述了一个逃亡者的故事——小说本身也成了作者文学遗产中的逃亡者。同时，它也是一本描绘并记录小说叙事是如何逃离其自我的书。

有关这一出逃的第一个暗示是书名——"莎菲拉和女奴"。其中提到的奴隶女孩名叫南希。但如果把书名定为"莎菲拉和南希"，这将会把凯瑟带入危险的深水区。这样的书名会在第一时间暴露并把读者的注意力引向这部小说所掩盖的问题：对于白人身份的谄媚；尽管小说本身已经努力去勇敢而诚实地面对它。小说的故事简单来说是这样的：

莎菲拉·科尔伯特腿脚不便，只能坐在椅子上，由奴隶帮她完成最为私密的事务。她确信她的丈夫渴望或已经开始与南希——她最忠实的女奴那正处于青春期的女儿——发生性关系。我们从一开始就明白，科尔伯特夫人是错的：南希单纯到了几乎乏味的地步，而科尔伯特先生则是一个举止、欲望与想法都十分谦和的男人。

莎菲拉的猜忌在她狂热的想象力与无所事事的生活中无法抑制地恣意生长。她制订了一个计划：她要邀请性格圆滑而好色的侄子马丁前来拜访，并放任他随心所欲地诱惑南希。出于没有言明的原因，她安排马丁强奸她年轻的仆人，以赢回丈夫对她的关注。

这个计划的干扰者是莎菲拉的女儿瑞秋，她因为拥护废奴主义而与母亲疏远；但正如小说告诉我们的那样，这也是因为莎菲拉容不得别人反对她。正是瑞秋——在父亲科尔伯特先生谨慎的帮助下——让南希逃往北方，获得自由。当瑞秋的一个孩子死于白喉而另一个孩子幸运地康复时，所有的白人角色彼此和解了。两个主要的黑人角色之间的和解则被放在了后记中：南希回来看望她年迈的母亲，并把逃亡之后的成年生活告诉了作者——一个见证了南希的归来和小说美满结局的孩子。这部小说出版于一九四〇年，但无论是它的形式还是气质都像是一个更早以前被写下的或发生过的故事。

我的梗概无法全面地呈现这部小说的复杂性和它在技巧上

的问题。我相信，它们之所以存在，并不是因为凯瑟的叙事能力不足，而是因为她在尽力处理一个几乎完全被埋没的主题：权力、种族和性是如何在一个寻求自洽性的白人女性身上相互依存地运作。

在某种意义上，这部小说是一个经典的逃奴叙事：一场激动人心、奔向自由的逃亡。但我们几乎对逃亡者在旅程中所经历的磨难一无所知，因为故事的重点在于南希出逃之前在主人家里的逃亡状态。而文本所主张的真正出逃者是女奴隶主。另外，小说情节也脱离了作者的掌控；而随着其自身的逃亡状态逐渐明晰，情节注定会指出，从白人身份的表述中剔除种族因素是不可能的。

逃离是南希在科尔伯特农场上生存的焦点所在。从她出场的那一刻起，她就被迫隐藏她的情感、她的思想，最后她不得不向追求者隐藏她的身体。她无法取悦莎菲拉，困扰于深肤色奴隶们对她的嫉妒，又无法从自己的母亲提尔那里获得任何帮助、教导或安慰。这种情况只有在女奴隶主可以指望一位母亲会成为诱奸自己女儿的同谋——而作者也可以指望读者不去反对——的奴隶社会中才可能实现。因为提尔对女主人是如此忠诚、尽责，莎菲拉从来没有也无须考虑，提尔有可能会因为她的独生女将要遭受的暴行而感到痛心或惊慌。这个假设建立在另一个假设之上：奴隶妇女并非母亲；她们"生来便已死亡"，无须对自己的后代或父母承担任何义务。

这一违背人伦的设定让当时的读者大跌眼镜，也让提尔成为一个令人匪夷所思、不近人情的角色。这是一个凯瑟自己似乎也难以解决的问题。她在第十章中加入了一段提尔和瑞秋之间的秘密对话，既承认又摒弃了这种完全经不起分析的母女关系：

> ……提尔小心地低声问道："您没听到什么消息吗，瑞秋小姐？"
>
> "还没有。我一有消息就告诉你。我把她交给了可以信任的人，提尔。我相信她现在已经到了加拿大，和英国人在一起。"
>
> "谢谢您，尊贵的瑞秋小姐。我不能再说了。我不想让那些黑鬼看见我在哭。如果她在那里和英国人待在一起，她就有希望了。"*

这个段落似乎出现得毫无预兆，因为在此之前的一百多页中，作者都没有给这种出自母爱的关切做过任何铺垫。"您没听到什么消息吗？"提尔问瑞秋。只有这一句话，这寥寥几字，它的意思是：南希还好吗？安全到达了吗？她还活着吗？有人在追捕她吗？所有这些问题都藏在了她唯一能问出的那句话背后。

在这段对话背后，是四百年的沉默。它从小说的虚空中跃

---

* 薇拉·凯瑟. 莎菲拉和女奴. 纽约：科诺夫出版社，1940：249. Willa Cather, *Sapphira and the Slave Girl* (New York: Alfred A. Knopf, 1940), p.249.

出，从关于奴隶的亲子关系与痛苦的历史话语的空白中跃出。当提尔终于找到了合适的语言和时机询问她女儿的命运时，同时代的读者们松了一口气。但这就是全部了。小说想让读者相信，这次问询背后的沉默和拖延，是由于提尔更关心自己在黑人"田奴"①眼中的地位。显然，凯瑟写出这段对话的动机，不是为了拯救提尔在读者心目中的形象，而是因为在某一时刻，这种沉默变成了一种令人无法承受的暴力，尽管这已经是一部充斥着暴力与逃避的作品。让我们试想小说主题所施加的压力：塑造忠实奴隶形象的需求，探索一个女人对另一个女人的身体拥有绝对权力时可能会出现什么后果的致命吸引力，与黑人女性作为性资源这一无可争议的假定的对峙，让提尔甘愿对莎菲拉毫无保留地奉献一切这一设定变得可信的需求。毕竟这个女奴的身体属于莎菲拉的方式，与莎菲拉那残疾的躯体属于她的方式不同。小说的这些需求几乎要撑破整个叙事的连贯性。难怪南希无法靠自己想出逃走的办法，只能在他人的敦促下冒这个险。

南希必须把自己的内心世界隐藏起来，不让其他抱有敌意的奴隶和她自己的母亲知道。南希和其他女奴之间并无姐妹情谊，这一点引出了肤色迷恋这一设定——南希享受着肤色特权，

---

① "田奴"（field negro）一般与"屋奴"（house negro）相对。在统治者的视野中，田奴更为粗野，而屋奴因在屋里服侍奴隶主，所以更接近白人，也更为文明；在反抗者的视野中，屋奴向往白人的生活，是与白人一起压迫田奴的"高等"奴隶，而田奴的反抗意识更强、更彻底。在奴隶制的语境之外，田奴和屋奴也被引申来形容劳动阶级和精英阶层少数族裔群体的割裂。

因为她的肤色比其他奴隶更浅，也因此招致了其他人的嫉妒。母爱的缺失作为凯瑟作品中惯常出现的困境，与奴隶一出生便脱离亲缘关系这一假设有所关联。在包含黑人角色的小说中，这些奇特而令人不安的对现实的扭曲总是保持着沉默，但凯瑟并没有全然压制它们。她所创造的人物既是主人家中的逃亡者，也是虚构想象力贫瘠的标志——在没有任何语言可以解释或指出其不可信之处的情况下。

有趣的是，南希不断出逃的另一个主要原因却是完全可信的：面对那个侄子的性侵，她理应没有任何防备，而她也只能靠自己脱离险境。毫无疑问，她身处弱势。这一邪恶捕获纯洁的过程之所以具有挑逗性，且没有成为美国版《克拉丽莎》①，是因为其中的种族元素。那个侄子甚至不需要追求或讨好南希。在他没能成功地从樱桃树上抓住她后，他可以直接去她睡觉的地方找她——他也计划着这么做。由于莎菲拉命令她睡在大厅里一张简陋的小床上，南希只能在黑暗中偷偷溜到可能（但无法保证绝对）安全的地方。除了拥护废奴主义的瑞秋，南希找不到任何一个可以让她抱怨、解释、抗议或寻求保护的对象。我们必须接受南希毫无主动权的事实，因为她没有任何出路。除了用悲惨的面貌引起瑞秋的好奇之外，她别无选择。

---

① 《克拉丽莎，或一位年轻女士的生平》（*Clarissa, or The History of a Young Lady*），英国书信体小说家塞缪尔·理查逊（Samuel Richardson，1689—1761）的代表作之一。小说讲述了女主人公克拉丽莎遭受家人与追求者的压迫、囚禁与侵犯，而又不断逃离并与之抗争的一生。

没有任何法律可以让她在被强奸之后提出控诉。如果她因此暴行而怀孕，这将会为庄园的经济带来收益而非损失。没有父亲——或小说中的"继父"——能替南希提出抗议，哪怕女儿被强奸首先意味着他将颜面扫地。小说告诉我们，南希的父亲是一个"阉鸡"①，他被指派来充当提尔的配偶，这样她就不会生育更多的孩子，可以全身心地为女主人莎菲拉服务。

南希在书中变成了一个无声且无足轻重的人物，一个完美的受害者，这可能会导致读者失去对她的兴趣。有意思的是，莎菲拉的阴谋也像凯瑟笔下的情节一样，无关具体的角色，而仅仅为了女奴隶主的自我满足而存在。当我们想到南希被强奸后可能会产生的后果时，这一点就变得显而易见。根据小说本身的设定，莎菲拉没有理由相信南希将在传统意义上被"毁掉"。她不可能会和马丁、科尔伯特或其他任何人结婚。再者，为什么这场性侵会让她的丈夫就此失去对这个奴隶女孩的兴趣？更有可能的是，她会稳稳地落入他的手中。如果科尔伯特先生被贞洁的南希所吸引，那么奴隶制度中又会有什么能让他对不再贞洁的南希不屑一顾呢？

这种逻辑和情节设计上的崩溃意味着，种族对叙事和叙事策略有着强大的影响力。南希不仅是莎菲拉那反复无常的邪恶阴谋的受害者；她还变成了一块凯瑟未经同意便挪用过来的垫脚石，

---

① 原文为 capon，指没有生育能力的人。

供她探究对她来说至关重要的命题：在利用那些全然可以为她所用的黑人他者的生命来塑造其自身的身份时，一个白人女性所行使的那不计后果、只增不减的权力。在我看来，这为一场极其重要的道德辩论提供了坐标。

这部小说所讲述的并不是一个恶毒的、怀恨在心的女主人的故事，而是一个绝望的女主人的故事。一个被她那挫败的肉身所囚禁的、苦恼而失意的女性，她的社会地位立足于白人日益落魄的尖针之上。除了肤色之外，没有任何事物能够提升她的性别特权。在自尊这种高于道德的需求面前——尽管这种自尊来源于一种虚妄——她的道德姿态毫无悬念地崩塌了。在这部小说中，莎菲拉也是一个为了出逃而竭尽全力的逃亡者：从自身人格与情感获得成长的可能性中，从她的女性特质中，从母亲的身份中，从女性群体中，从她的身体中逃离。

她通过算计年轻、健康、性感的南希来逃避她只能待在自己身体之中的无奈。她把照料身体的任务转交给了他人。这样，她便从疾病、衰颓、禁锢、渺小与肉体的无能为力中逃脱出来。也就是说，她拥有构建自我的闲暇和手段；但可想而知，她所构建的自我只能是白人。黑人的身体成为她手和脚的替代品，成为她性幻想中与丈夫之间激情与亲密的替代品，在一定程度上，这也成为她获得爱的唯一来源。

如果从《莎菲拉和女奴》的文本中移除对非洲主义式角色及其处境的描写，我们将不会拥有一个置身禁闭或火焰中的郝薇香小姐①。我们将一无所有：我们不会有这种疯狂的自我建构的过程，可以想当然地默许一个如此可怕的计划；我们也不会有滥用权力的闹剧。莎菲拉可以比南希更成功地隐藏起来。她可以一直罔顾一个正常成年女性应有的修养——她也的确在这么做，只因她可以支配那些被当作低幼儿对待的非洲人。

凯瑟小说中的最后一个逃亡者是小说本身。小说情节设计让遭遇危险的奴隶女孩获得自由（但正如我们所见，它对女孩的母亲和其他奴隶同伴似乎毫不关心），但这样的设计另有目的。它为作者提供了一种手段，思索自由的白人女性和被奴役的黑人女性之间道德上的对等关系。这些对等关系被设置成母女配对，这也难免让我们认为，是凯瑟本人在不断地幻想与自己母亲之间的问题关系。

无论如何，这一虚构策略稍显勉强，在这一事例中根本不可能实现——它是如此荒唐，以至于凯瑟任由小说逐渐从虚构逃向了非虚构。她迫使对等关系成立的执念取代了故事的可信度。这是一种只在叙事之外成立的对等关系。

《莎菲拉和女奴》在最后变成了类似回忆录式的文体，作者回忆起自己作为孩子是如何见证了那场回归与和解，以及面对站不住脚的惊人境况时那刻意的"一切安好"。小说中沉默而顺从的黑人角色在故事的尾声也依然缄默。那场重逢——其戏剧性与

---

① 狄更斯的小说《远大前程》中的人物。小说中，郝薇香小姐被深爱的新郎抛弃后，终日足不出户，身着结婚那天的婚纱，生活在无尽的痛苦与复仇的火焰之中。

叙事功能——并不属于那些奴隶角色，正如他们的生命也从未属于过他们那样。这场重逢其实是为了在故事中变成孩子的作者精心策划的。提尔同意等到小薇拉来到门口之后，再去看一眼她那二十五年来没有见过的女儿。

只有黑人角色才能让这个计划变得可行：为了一个（白人）孩子的快乐而推迟自己的满足。拥抱过后，白人孩子薇拉与黑人母亲和黑人女儿一起进入她们的叙事中，她聆听她们的对话，并在每个转折点都介入其中。她们生命的形态、细节和本质都属于她，而不是她们。就像莎菲拉毫无风险地使用这些代替她的手脚、为她服务的黑人身体来实现她的权力欲望，作者也用这些黑人角色替代自己，用一种安全的方式完成她探索失落、爱欲、混乱与正义的渴望。

但这一计划出了差错。角色一如既往地提出了他们自己的要求，想象力应当发挥的作用战胜了作者想要遏制它们的意图。正如瑞秋的介入挫败了莎菲拉的阴谋，凯瑟想要了解并理解这对黑人母女的迫切需求让她必须把母女二人放在舞台的中心。作为孩子的凯瑟听着提尔的故事，而在小说中被消声的奴隶则在书的后记中才拥有了自己的话语权。

然而，即便——或者说尤其——是在小说的结尾，凯瑟感到自己有必要对奴隶制表示同情。通过塑造提尔的主体性，小说引出了对这种制度慈悲之处的赞许。直到故事的最后，非洲主义式人物都在服务他人，他们只有在强化奴隶主的意识形态时才被允许开口说话，哪怕这一设定颠覆了小说的整个前提。提尔主动跪拜行礼，这既令人狂喜又让人生疑。

在创作生涯结束之际，凯瑟回到了自己的童年，也回到了她极为私人甚至隐秘的经历中。在最后一部小说里，她用写作探索了女性之间的背叛在面对种族主义的虚空时有何意义。她或许没有像南希那样安全地抵达目的地，但值得称道的是，她确实历经了这段危险的旅程。

第二章　浪漫化阴影

　　……阴影

　　比人更大，比黑鬼更黑……

罗伯特·佩恩·沃伦 [1]

《典狱学研究：向阳之处之三》节选

　　在《阿瑟·戈登·皮姆历险记》的结尾，埃德加·爱伦·坡如此描述这段非凡之旅的最后两天：

　　　　3月21日。一片冥冥黑暗悬在我们的头顶，但从乳色海水深处浮现出一片光亮，沿着船舷悄然上升。白色的粉末令

---

[1] Robert Penn Warren（1905—1989），美国诗人、小说家、文学评论家，"新批评"派的创始人之一。于1947年获得普利策小说奖，并在1958年及1979年获得普利策诗歌奖。

我们几乎难以忍受，阵雨般的白粉凝在我们身上，堆在木筏子里，落进水里时却立刻消融……

3月22日。黑暗已大大加深，只有从我们面前那道白色水帘反射的水光才使之有所减退。现在，无数苍白的巨鸟不断地从水帘那边飞出。当它们离开我们的视野时，发出的不绝于耳的啼鸣声是"特克力——力！"。趴在船底的努努闻声动弹了一下，但当我们摸他时，发现他的灵魂已经离去。此时我们冲进了那道瀑布的怀抱，一条缝隙豁然裂开来迎接我们。但缝隙当中出现了一个朦胧的人影，其身材远比任何人高大。那个人影的肤色像雪一样洁白无瑕。[①]

皮姆、彼得斯和当地人努努一直漂浮在温暖的乳白色海面上，空中飘洒着"阵雨般的白粉"。他们当中的黑人死了，而船穿过白色的水帘继续向前，水帘之后，一个白色巨人站了起来。随后，一切归于空无。故事到此为止。取而代之的是一份学术笔记、一些解释和一个令人不安的、堆砌而成的"结论"。结论指出，是白色之物吓坏了当地人并杀死了努努。刻在探险者所经过的峡谷岩壁上的铭文如下："我业已将此铭记于群山之中，并把我对尘土的报复镌刻在岩壁上。"

在塑造美国非洲主义这一概念的早期美国作家中，最重要的

---

① 此处及下文中的引文皆出自人民文学出版社2019年版的《阿瑟·戈登·皮姆历险记》（曹明伦译本），在原译文的基础上有所改动。

莫过于爱伦·坡。而最生动的形象则出自上文中所提到的场面：在旅程的终点——或者至少是在故事的结尾，水雾中浮现出肉眼可见但神秘而不可知的白色身影。白色水帘和肤色"像雪一样洁白无瑕"的"朦胧人影"，这两个形象都是在叙事触及"黑人性"之后才出现的。前者似乎与努努这一有用且可用的黑人形象的死亡与抹除有关。二者都是美国文学在黑人角色在场时所浮现出的不可参透的"白色"形象。这些神秘的白色形象经常出现在故事结尾——但并非总是如此。它们如此频繁地出现在如此特殊的境况中，使场景中的一切暂停。它们似乎在竭力引起关注，来解读其出现并反复出现的意义，它们所暗示的停滞与混乱、绝境与谬误。

这些不可参透的"白色"形象需要具体的语境，来解释它们不同寻常的力量、规律与连贯性。由于它们几乎总是与死去的、无能为力的或尽在掌控之中的黑人或非洲人形象同时出现，对于与之相伴的阴影——那长久以来用恐惧与渴望驱动着美国文学内核与文本的黑暗，这些眩目的白色形象似乎既是一种解药，又是一种沉思。这种对于早期美国文学来说似乎萦绕不去、无从脱身的黑暗，标志着美国作家在美国文学初始阶段所处的复杂而矛盾的境地。

年轻的美国之所以脱颖而出，是因为它坚信自己正朝着自由的未来前进，朝着一种世界上前所未有的人的尊严前进。在人们津津乐道的"美国梦"一词中，浓缩了一整套有关"普世"渴望的传统。尽管这个移民梦理应受到学术和艺术领域的全面审视，但了解这些人所匆匆抛下的与了解他们所追求的同样重要。如果说"新世界"孕育了梦想，那么是"旧世界"怎样的现实激发了人们对梦想的渴望？而这些现实又是如何用柔情与铁掌塑造了新的世界？

人们通常把从旧世界踏往新世界的旅程视作逃离压迫和限制、奔向自由与无限可能的过程。事实上，尽管这种出逃有时是为了从放纵中逃离——从一个放纵无度、没有信仰和规则的社会中逃离，但对于那些出于宗教以外的原因逃离家乡的人，让他们踏上流亡之路的则是社会对他们的种种制约。旧世界所给予这些移民的，只有贫穷、囚牢、排挤，还有并不罕见的死亡。当然，也有一批牧师和学者冒险前来，试图在这里为他们心中的那个祖国建立一个殖民地——而非一个与之抵抗的根据地。当然，除此之外，还有趋利而来的商人。

不管出于什么原因，新世界的吸引力就在于它像一张"白纸"，一个千载难逢的机会，使人们不仅能获得重生，还能换一副面貌重生。新环境给自我穿上崭新的衣装。第二次机会甚至可以从第一次机会所犯的错误中受益。人们在新世界看到了无限未来，在被他们抛在身后的约束、不满和动荡的映衬下，这个未来显得更加闪亮。希望就在前方。只要有运气和耐力，一个人就可能获得自由，找到一种让上帝之法显灵的方式，或变得像王子一样富有。压迫之后，是对自由的渴望；对人类放纵和腐败的憎恶中，诞生出对上帝之法的乞愿；在贫穷、饥饿和债务之下，蕴含着财富的荣光。

在十七世纪晚期和十八世纪，还有更多因素让这场冒险之旅值得一试。卑躬屈膝的习惯将被发号施令的快感所取代。权力——对自己命运的掌控——将会取代面对阶级、等级和暗地里的迫害时的无力感。人们可以从规训与惩罚中脱身，成为规训与惩罚的施行者，从社会边缘走向社会上流。可以从无用的、受困的、可憎的过去中解脱出来，进入一个没有历史的国度，成为一页等待书写的白纸。很多东西将被书写其上：高尚的冲动将被写进法律，成为国家传统的一部分；而那些人在那个他们抛下的或将他们抛下的家园所习得并掌握的卑劣的冲动，也将经历同样的过程。

在这个年轻的国家中所诞生的文学作品，是这个国家记录它是如何与这些恐惧、力量和希望打交道的一种方式。阅读早期的美国文学作品时，我们很难不注意到它们与我们如今定义中的美国梦截然相反。"美国梦"一词中隐约混杂着的希望、现实主义、物质主义和美好前途在文学作品中是何等匮乏。对于一个强调其"崭新"之处——它的潜力、自由与天真——的国家来说，早期奠基的文学是如此沉闷、不安，充斥着恐惧与烦恼，这简直令人震惊。

我们用一些词汇和标签来形容这种恐惧——"哥特式的""浪漫的""布道式的""清教徒式的"，若要追溯它们的来源，就要回到这些移民已经离开的故土中的文学里。但十九世纪美国的心理特质与哥特式罗曼司①之间的紧密联系已经得到了详尽的阐述。那么为什么一个被欧洲混乱的道德和社会所摒弃，被欲望和排斥冲昏头脑的年轻的国家，会将自己的才华用于在自己的文学作品中再现它曾想抛弃的那种魔鬼行径？答案似乎显而易见：从曾经的错误和不幸中有所收获的其中一个方法是将它们记录下来，通过曝光与免疫来防止其重演。

罗曼司是美国特有的"免疫手段"的一种表现形式。在欧洲文学运动结束很久之后，罗曼司仍然是早期的美国所喜爱的表达方式。是美国浪漫主义中的什么因素使它如此吸引美国人，并让它成为一个他们与想象中的恶魔战斗、交手的战场？

有人认为，罗曼司是逃避历史的一种方式（因此或许对一个试图逃避过去的国家来说具有特殊的吸引力）。但我更认同的观点是，罗曼司与真实且紧迫的历史力量正面交锋，并反映作者在这些历史力量的影响下所感受到的内在矛盾。罗曼司是对那些欧洲文化的余影所带来的焦虑的探索，使人们能够以时而安全时而冒险的方式，拥抱那些人之常情中颇为具体的恐惧：美国人对失败、弱小和遗弃的恐惧，对失去边界的恐惧，对无法掌控的、虎视眈眈的大自然的恐惧，对缺乏所谓的文明的恐惧，对孤独与内忧外患的恐惧。简单来说，对人性自由——他们最梦寐以求的东

---

① 原文为 Romance，指与现实主义相对、带有传奇色彩和浪漫主义特征的历史传奇类小说，或当代通俗意义上的浪漫情爱小说。

西——的恐惧。罗曼司并没有限制作家的发挥，而是给他们提供了更多可能性；这不是一张狭窄的、非历史的画布，而是一张辽阔的历史画卷；是一场纠葛，而非逃避。对于年轻的美国来说，它应有尽有：作为主角的大自然，一整套象征体系，寻求自我价值和认同的主题。最重要的是，它让读者得以利用想象战胜恐惧，消除内心深处的不安全感。它为说教和虚构提供了空间，为关于暴力、虚伪、恐怖，以及恐怖最为重要而自负的原料——黑暗及其所激发的所有内涵与价值判断——的想象活动提供了平台。

没有一部罗曼司不受赫尔曼·梅尔维尔所说的"黑之力量"的影响，尤其在一个有黑人常住人口的国家。想象力可以在他们身上得到发挥，历史、道德、形而上学和社会层面的恐惧、问题与对立可以通过他们得以表述。人们认为，奴隶可以为思考人类自由，思考其诱人而又捉摸不定之处，提供一个替代性的"自我"。黑人可以作为思考恐怖的工具——作为欧洲弃子的恐惧，对失败、无能、无边无际的自然、与生俱来的孤独、来自内部的敌意、邪恶、罪孽与贪婪的恐惧。也就是说，人们认为，在理解人的潜能与权利等抽象概念以外，奴隶为他们反思人的自由而献身。

美国文学的一个重要命题，即艺术家与培养出他们的社会是如何将内部冲突转移到"空白的黑暗"中，转移到他们为了方便而将其束缚、用暴力使其沉默的黑人身体中。举例来说，人权原则作为建国之根基，不可避免地与非洲主义紧密相连。其历史和起源永远与另一个具有诱惑性的概念相关：种族等级制度。正如社会学家奥兰多·帕特森①所指出的，我们不应该为启蒙运动容许奴隶制存在而感到惊讶；如果启蒙运动不容许奴隶制存在，我们才应该感到惊讶。自由的理念并不是凭空产生的。如果自由不是由奴隶制创造的，也没有什么会比奴隶制更能凸显自由的意义。

黑人奴隶制丰富了这个国家的创造力。在构建黑人与奴役的过程中，人们不仅能发现"非自由"，还能通过两种肤色戏剧性的对比发现"非我"的投射。由此诞生了一个想象力的乐园。出于缓解内部的恐惧和合理化外部的剥削这两种集体需求，"美国非洲主义"——一种美国特有的，混杂了黑暗、他者性、惊恐和欲望的产物——应运而生。（当然了，我们可以在殖民文学中找到一种与之相对应的"欧洲非洲主义"。）

我想探究这一被驾驭、束缚、扼制与压抑的黑暗形象是如何在美国文学中被物化为非洲主义角色的。我想让大家看到，这些角色所承担的职能——驱魔、具象化、镜像化等——在美国的许多文学作品中是多么必要而显然，而这些职能也塑造了美国文学初期独有的特征。

我在上文中说过，一个国家的文化身份是由这个国家的文学构建并充实起来的。而在美国文学的"意识"中挥之不去的，是

---

① Horale Orlando Patterson（1940—　），牙买加历史与文化社会学家，主要研究领域为美国和牙买加的种族与奴隶制问题。

把美国人建构为一种新型白人这一人们有所察觉但仍问题重重的目标。爱默生在《美国学者》中对"新人"的呼吁，表明了这一建构过程的刻意之处，与确立差异的自觉必要性。而响应这一号召的作家们，无论他们是否接受爱默生的观点，他们为了塑造差异而建立的参考系都不只局限于欧洲。在他们脚下就有一种非常戏剧化的差异。作家们得以颂扬或谴责一种已经存在，或正在依赖种族差异而快速成形的身份。在沿着具有文化意义的利益分割线组合、分离并巩固身份的过程中，这种差异提供了大量的符号、象征与主体性。

伯纳德·贝林 [1] 为我们提供了有关欧洲移居者是如何成为美国人这一过程的精彩研究。我想引用他在《渡海西行的人们》中写的一段很长的文字，因为它凸显了我所描述的美国特质中几个突出的方面：

> 从他的信件和日记来看，威廉·邓巴 [2] 比起真人，更像是一个虚构人物——一个威廉·福克纳想象力的产物，他比萨德本上校更有教养，但同样神秘。就像《押沙龙，押沙龙！》里的那个怪人，他也是二十岁出头。他突然出现在密西西比荒野，索要了一大片土地；然后，他去了加勒比海，

---

① Bernard Bailyn（1922—2020），美国历史学家，专攻美国早期殖民史与建国史。
② William Dunbar（1749—1810），苏格兰裔美国商人、种植园主、自然学家、天文学家和探险家。

回来的时候带来了一队"野奴"，仅凭他们的劳动力，就在以前只有树木和未开垦过的荒地上建造了一个庄园。他跟萨德本上校一样，早年雄心勃勃，创建了一个显赫的南方家族，同时他也是充满暴力、变幻不定的黑白种族世界的一部分。但他比萨德本上校更复杂。这位荒野上的种植园主是一位科学家，后来他与杰斐逊总统在科学和探险方面进行了交流。作为密西西比的一个种植园主，他对美国哲学学会（杰斐逊提名他为学会会员）的贡献包括语言学、考古学、流体静力学、天文学和气候学，他的地理发现也得到了知名出版物的报道。作为在早期密西西比种植园世界中像萨德本一样的奇特人物——就像萨德本被称为"上校"那样，威廉·邓巴被称作"威廉爵士"，他也把欧洲文化的精粹带入了这个原始的半野蛮世界：不是吊灯或昂贵的地毯，而是书籍、最精良的勘测设备和最新的科研仪器。

邓巴出生在苏格兰，是莫里郡阿奇博尔德·邓巴爵士最小的儿子。他先是在家接受家庭教师的教导，随后去了阿伯丁上大学；在那里，他对数学、天文学和美文①的兴趣日趋成熟。至于在他回家之后以及后来在伦敦与青年知识分子群体周旋时发生了什么，又是什么驱使或引导他离开这个大都市，踏上漫长的西行之旅的第一步，这些都不为人知。但不

---

① 原文为 belles-lettres，源自法语，指以艺术效果为主要追求的文学作品。

管他的动机是什么,一七七一年四月,年仅二十二岁的邓巴出现在费城……

这位一直追求教养、受过良好教育的年轻人,苏格兰启蒙运动与伦敦名利场的产物,充满书卷气的文学爱好者和科学家——直到五年前,他还就科学问题与人通信,其中谈及了"乔纳森·斯威夫特牧师对真福的解读""美德和幸福的生活"以及来自上帝的、人类应该"彼此相爱"的戒律——却不可思议地对那些服侍他的人所受的苦难无动于衷。他在一七七六年七月记录的不是美洲殖民地从英国独立,而是对自己种植园里的奴隶为了争取自由而发起的、所谓的阴谋的镇压……

邓巴——年轻的博学之士、来自苏格兰的科学家兼文人——并不是一个虐待狂。按照当时的标准,他统治种植园的方式颇为温和;他给奴隶提供体面的衣食,在施行严厉的惩罚时也经常心有不忍。但他与文化之源相隔四千英里,独自身处英国文明的边缘。那里的人们每天都为了生存而斗争,无情的剥削只是一种生活方式,混乱、暴力和人性的堕落随处可见;而他因为成功地适应了这样的生活,取得了成功。他不断进取、足智多谋,却被劳苦的边疆生活磨蚀了原本细腻的触角。在内心深处,他开始感受到一种前所未有的权力和自主性,一种来源于对他人的生命拥有绝对控制权的力量。他成了一个与众不同的崭新的人,一个边疆绅士,一个原始的半野蛮世界中的有产者。*

　　我想让大家注意这幅人物画像中的一些元素，一些在威廉·邓巴的故事中出现的相互对应、相互依存的关系。首先是启蒙运动和奴隶制之间的历史关联——人的权利与奴役。其次是邓巴所受的教育和他在新世界所开创的事业之间的关系。他受到了极为优越的教育与教养，其中包含了有关神学和科学的最新思想，即试图让两者相互呼应、相互支持的努力。他不仅是"苏格兰启蒙运动的产物"，还是一位伦敦的知识分子。他阅读乔纳森·斯威夫特的著作，讨论基督教"彼此相爱"的戒律，他对奴隶所遭受的苦难而表现出的无动于衷被认为是"不可思议"的。一七七六年七月十二日，他带着震惊和伤痛记录下在他的种植园里发生的一场奴隶起义："想象一下我有多么惊讶……如果善心善行换来的是这般忘恩负义，善良又有何用？""始终对奴隶的所作所为感到不解，"贝林接着写道，"（邓巴）找到了两个逃奴，'惩罚他们每人被鞭打五次，每次五百鞭，并在他们的脚踝处戴上了铁链和木桩'。"

　　我把这看作一幅描绘了美国人是如何被建构为新型白人男性的简笔画。这个过程至少有四个可观的成果，这在贝林对邓巴性

---

* 伯纳德·贝林.渡海西行的人们：革命前夕的美国人民.纽约：科诺夫出版社，1986：488-492. Bernard Bailyn, *Voyagers to the West: A Passage in the Peopling of America on the Eve of the Revolution* (New York：Alfred A. Knopf, 1986), pp. 488-492.

格的总结和对他"内心"感受的描述中都可以找到。让我再重复一遍:"一种前所未有的权力和自主性,一种来源于对他人的生命拥有绝对控制权的力量。他成了一个与众不同的崭新的人,一个边疆绅士,一个原始的半野蛮世界中的有产者。"一种前所未有的力量与自由。那他曾经拥有的是什么?良好的教育,伦敦的人情世故,神学与科学思想。我们知道,这些都给不了他作为密西西比种植园主所享有的权力和自主性。而这种感受也被认为是一种流动的力量,因"对他人的生命拥有绝对控制权"而存在,并随时可能溢出。这种力量不是一种发自意愿的支配,也不是一个经过思考与权衡后的选择,而是一种自然资源,是等到邓巴占据了绝对控制地位之时便立即将他淹没的尼亚加拉大瀑布。一旦他进入那个角色,他就会作为一个新的人、一个特别的人、一个与众不同的人重生。无论他在伦敦的社会地位如何,在新大陆,他是一个绅士。比之前更加温柔,更加男人。[1] 他在蛮荒中蜕变:野蛮就是他的底色。

我想说的是,自主、权威、新与异、绝对权力等议题,不仅成为美国文学主要的题材和前提;这些构成了非洲主义的要素,还被文学对这种非洲主义复杂的认识与应用所实现、塑造和激

---

① 原文将 gentleman(绅士)一词拆分为了 gentle(温柔的)与 man(男人)。

活。正是这种用来表现原始和蛮荒的非洲主义，为阐述典型的美国身份提供了场所和舞台。

自主即自由，并将转化为备受拥护与推崇的"个人主义"；新，意味着"天真"；异，则代表着差别与建立维护这种差别的策略；权威和绝对权力成为一种浪漫的、征服式的"英雄主义"和男子气概，以及对他人的生命行使绝对权力的命题。所有其他要素成立的前提，应该是最后这一项——在被称作"原始的半野蛮世界"的自然与精神景观中，被召唤出来与之抗衡的绝对权力。

为什么美洲大陆会被看作是原始和野蛮的？因为那里的原住民不是白人？也许吧。但可以确定的原因是，那里有一群被束缚、不自由、反叛却可以为人所用的黑人，可以随时让邓巴和所有白人男性以此衡量他们所享有的特权与这些特权给他们带来的差异。

最终，个人主义与孤独、疏离、愤懑的美国人形象融为一体。有人会问，美国人对什么感到疏离？是什么让他们总是坚持认为自己是无辜的、不同的？绝对权力掌握在谁的手中，从谁的身上剥夺，又分配给了谁？

这些问题的答案就在非裔群体身上，他们不可忽视的存在强化了美国人对自我的认识。这个群体满足了各方面的便利，在自我定义这一方面尤为如此。现在，新型白人男性可以让自己相信"那里"就是野蛮。鞭打奴隶（五百鞭乘以五次是两千五百鞭）

不代表下令者自身的野蛮；为了争取自由而"令人不解地"冒着危险反复出逃是黑人缺乏理性的证明；斯威夫特的训导与充斥着暴力的日常生活的结合则意味着文明开化；只要他们足够迟钝，野蛮就与他们无关。

这些矛盾贯穿于美国文学的各个篇章。还有别的可能性吗？正如多米尼克·拉卡普拉[1]所提醒我们的那样："经典小说不仅被共同的环境因素（比如意识形态）所改造，它们也用一种批判的、有时具有潜在颠覆性的方式重塑或至少部分地处理这些要素。"*

至于文化，这片早期美国作家所涉足的想象与历史的土壤，在很大程度上是由种族他者的存在塑造的。那些反驳称种族对美国身份来说毫无意义的论调本身就充满意义。种族不会因为一句妄言而消弭，世界也不会因此抹除种族化的全部痕迹。在文学话语中固守无种族的视角，这本身就是一种带有种族含义的行为。把修辞学的浓酸倒在黑人的手指上可能的确会抹掉他们的指纹，却不会毁掉他们的手。再者，这种自私自利、试图抹消一切的暴行，又会对那浇注浓酸之人的双手、手指和指纹产生什么后果？它们难道可以毫发无伤吗？文学本身已经表明，情况并非如此。

无论显隐，非洲主义式存在以一种强有力而又无可回避的方

---

① Dominick LaCapra（1939—   ），美国欧洲文化史、思想史学者。

* 多米尼克·拉卡普拉.历史、政治与小说.伊萨卡：康奈尔大学出版社，1987：4. Dominick LaCapra, *History*, *Politics and the Novel* (Ithaca：Cornell University Press, 1987), p.4.

式影响着美国文学的质地。这种存在晦暗而持续，为文学想象提供了既可见又无形的媒介。即使是（以及尤其是）当美国文学的文本与黑人的在场、角色、叙事和风格都"无关"时，非洲主义式存在的阴影会在隐喻、符号和界线附近徘徊。许多移民（和许多移民文学）把其自身的"美国性"理解为与黑人群体的对立，这并非偶然，也实非谬误。事实上，种族作为一种如今在建构"美国性"的过程中十分必要的隐喻，它甚至可以与那种我们更习惯于剖析其始末的、与陈旧的伪科学和阶级息息相关的种族主义抗衡。

作为促成了整个美国化过程的隐喻，在掩盖其具体的种族元素的同时，这一非洲主义式存在对美国而言可能是不可或缺的。深藏在"美国人"这个词之下的，是它与种族之间的关联。说一个人是南非人并不意味着什么；我们需要"白人""黑人""有色人种"等定语来传达我们想表达的意思。但在美国则恰恰相反。美国人即指白人，而非裔群体则需要通过抗争，将自己的族裔身份用一个又一个的连字符附加在"美国人"一词之前，来让这个词也适用于他们。美国并没有一个奢靡、蛮横的贵族阶层，让美国人可以在继续觊觎贵族式的特权和奢华的同时，从他们身上攫取与民族美德相关的身份认同。美国采用了与邓巴一样的方式，即通过对虚构的、神话式的非洲主义进行一种反身性思考，来中和它的鄙夷与嫉妒之情。对于大多数定居者和美国作家来说，这一非洲主义式他者为他们思考身体、心灵、混乱、善良与爱提供了手段；为他们在受限与不受限的情况下，在思考自由与侵略时，提供了付诸实践的情境；为他们探索伦理与道德、履行社会契约所规定的义务、背负宗教的十字架、贯彻权力的执行提供了机会。

如果是为了让我们的文学史和文学批评更为精准，阅读并记录在美国文学发展历程中出现的非洲主义形象会是一项既有趣而又紧迫的工作。爱默生对思想独立的呼吁就像端上了一个空盘子，让作家们可以用本地的佳肴将其填满。毫无疑问，语言必须是英语，但表达的内容和主题则应该是非英语式且反欧洲的，以求在修辞上驳斥对旧世界的崇拜，描绘一个腐败而站不住脚的过去。在关于美国特质的形成与国家文学的产生的学术研究中，有许多问题已经得到了归纳。而非洲主义式存在——那个与美国毫无关系的绝对他者——作为一项重大命题，也同样应当纳入其中。

建立差异的需求不仅源于旧世界，也来自新世界里的一种差异。新世界的特别之处首先在于它主张自由，其次则是存在于这场民主实验内核中的不自由——民主的严重缺失，以及这种缺失在一些"非美国人"的政治和思想活动中所产生的回响、阴影和无声的力量。这些"非美国人"的显著特征便是他们的奴隶身份、他们的社会地位——还有他们的肤色。

可以想象，如果没有肤色的作用，奴隶身份就会以各种方式瓦解。与世界历史中其他许多奴隶不同，这些奴隶所背负的过错显而易见。他们还继承了很多东西，包括与肤色的含义相关的一段久远的历史。这些奴隶不仅拥有独特的肤色，他们的肤色还有着特殊的"含义"。至少在十八世纪，当时的学者们就已经开始定义并利用黑人肤色的含义；而与此同时，其他学者——有时是同一批学者——开始研究自然史与人不可剥夺的权利，即人的自由。

试想，如果非洲人都有三只眼睛或只有一只耳朵，那么他们与数量更少但更具攻击性的欧洲侵略者之间的这一差异，也会被赋予含义。无论如何，赋予肤色价值和意义的行为具有主观性，这在二十世纪末的今天不容置疑。问题的关键在于视觉感受和语言表达之间的共谋关系。而正如美国文学体现的那样，这种关系让人们普遍认同的常识带上了社会与政治属性。

不管多么世俗和功利的常识，都会诉诸语言意象，并形成文化惯例。对文化做出回应——说明、解释、评估、翻译、转化、批判——是世界各地的艺术家都会做的事情，而对于新国家创立时期的作家们来说尤为如此。无论他们针对一个自由的共和国却深陷于奴隶制之中这一内在矛盾，做出何种个人表达或公开的政治回应，十九世纪的作家们都意识到了黑人的存在。更重要的是，他们或多或少地用一种激情洋溢的方式，阐述了他们对这一难题的看法。

对奴隶议题的警觉并不限于作家个人可能有过的遭遇。奴隶叙事在十九世纪掀起了一股出版热潮。媒体、政治活动、各政党和民选官员所推举的政策中都充斥着有关奴隶制和自由的话语。只有真正的隐士才有可能对这个国家最具爆炸性的话题一无所知。如果在话语和定义的核心，没有非洲人和他们的后裔作为坐标，人们如何谈论利润、经济、劳动力、进步、妇女参政、基督教、边疆、新州份的建立、新领土的获取、教育、交通（货运和客运）、社区、军队等几乎与一个国家息息相关的一切事情？

这不可能发生，也从未发生。实际上经常发生的是，人们试图用一种旨在掩饰真相的用语来讨论这个话题，但这并不总是奏效；许多作家也并非有意在作品中掩饰事实。然而，这么做的结果是一个代表非洲人及其后裔发声，或以他们为记述对象的宏大叙事。规则制定者的叙事无法包容非洲主义式角色的回应。不管奴隶叙事多么受欢迎——它们影响了废奴主义者，也让一些反废奴主义者改变了想法——那些属于奴隶自己的故事虽然在很多层面上解放了叙述者，但并没有摧毁那个宏大叙事。它可以不断进行调整，以使自身完好无缺。

奴隶们的沉默和与关于奴隶问题的沉默在当时已经司空见惯。有些沉默被打破，另一些则被那些与主流叙事并存或活在其阴影之中的作家维系着。我想知道他们保持沉默的计谋和打破沉默的方法。奠定了早期美国文学的作家们是如何参与、想象、运用并创造出非洲主义式存在及其形象的？这些策略以什么方式展现了美国文学的命门？我们应该如何深耕这些分析路径，以从这些文本的内容和书写方式中获得更为新颖而深刻的见解？

我提议，我们需要对以下命题进行批判性研究。

第一，作为替代者和助推者的非洲主义式角色。与非洲主义在想象世界中的相遇以何种方式给予白人作家思考自身的能力？非洲主义的反身性特质有着什么样的内在动力？比如，让我们看看在《阿瑟·戈登·皮姆历险记》中，非洲主义是如何开启关于美国空间的讨论的。通过非洲主义，爱伦·坡对"地域"的概念和用途进行了思索，他既用这一概念抑制对不受界限、擅自侵入的恐惧，又将其作为一种手段，释放与探索对无穷而空旷的疆域的渴望。想想其他美国作家（马克·吐温、梅尔维尔、霍桑）是如何把非洲主义作为一种规训爱与想象的手段，以抵御内疚和绝望所产生的精神代价。非洲主义是一种工具，使美国人借此明白他们是自由而非被奴役的；是惹人羡慕而非令人生厌的；是肆意、强大而非渺小无助的；是历史的，而非无历史的；是无辜的，而非有罪的；是一步步走向命运的实现，而非盲目地接受进化的偶然的。

第二个有待批判的主题是，非洲主义风格被用以确立差异——或随后，被用以象征现代性——的方式。我们需要剖析具体的题材、恐惧、意识的表现形式和阶级关系，是如何嵌入非洲主义的语言风格中：黑人角色的对话是如何通过试图将其陌生化的拼写，被刻意呈现得晦涩难懂，从而被诠释为一种外来而疏离的方言；非洲主义的语言实践是如何被用来制造言说与无言之间的张力，而这种张力又是如何被用来建立一个口头表达与文字书写彼此割裂的认知世界、巩固阶级分化和他者性、维护权力和特权；它是如何成为不正当性行为、对疯狂的恐惧、被驱逐与自我厌恶的标志与载体。最后，我们应该思考黑人话语和它所暗示的情感是如何被挪用，以满足人们对现代主义的联想——时髦、世故、极致的教养。

第三，我们需要研究非洲主义式角色被用以描绘并巩固"白人性"的建构及其含义的技巧。我们需要分析文学文本是如何有策略地利用黑人角色，以确定白人角色的目标、提高其地位。这样的研究将会揭示那些为了了解他者而解构他者，为了缓解并梳理内在和外部的混乱而展示自己对他者的了解的过程。这样的研究将会展现那些以他者的性行为、脆弱与失控为幌子，来探索并洞察其自身身体的过程；那些用宽严相济的纪律，来约束失控迹象的过程。

第四，我们需要分析对非洲主义叙事（即黑人的故事，他们被束缚、被排斥的遭遇）的操控是如何既安全而又危险地让人们思考其自身的人性。这样的分析将会揭示对非洲主义叙事的表述与挪用是如何为人们提供思考限制、苦难和反抗，推测命运和天意的机会。我们要分析这种叙事是如何被用来讨论伦理、社会、普遍的行为准则和有关文明与理性的主张与定义。这样的文学批评将展现非洲主义叙事是如何通过把黑人设定为无历史、无语境的群体，从而为白人构建历史和语境。

当我们不带限制与防备，开始仔细观察时，这些命题就会不断地浮现出来。在我看来，正是它们让美国文学成为了一个更加复杂而有价值的知识体系。

有两个例子可以说明这一点：一个是一部重要的、既开创又批判了罗曼司这一体裁的美国小说；另一个则是我对之前承诺的兑现，即回到爱伦·坡笔下那些沉默的白人形象上。

如果我们对《哈克贝利·费恩历险记》的解读进行补充和扩展，即将其从那些煽情的万能灵药——对土地、河神，和美国性中天真本质的致敬——中解脱出来，把它对内战前的美国不留情面的批判纳入解读的范畴中，它似乎变成了另一部更为完整的小说。它成为了一部更加精妙的作品，阐明了一些在传统解读中累积起来的问题，这些问题的出现源于传统解读羞于承认占据了小说核心地位的非洲主义式存在所暗含的深意。我们知道，小说在一定程度上对阶级和种族有所批判，尽管这些批评被幽默和天真所掩盖或强调。正因为小说兼备幽默、冒险和天真的视角，马克·吐温的读者可以对小说论辩的特质不以为然，仅仅专注于它对谙于世故的纯真的赞美，同时对小说所显现出的种族观礼貌地表示尴尬。早期的评论（指二十世纪五十年代对《哈克贝利·费恩历险记》的再评估，人们认定它是一部伟大的小说）忽视或无视了这部作品中的社会论争，因为这些评论似乎被当时社会和文化中的思想前提所同化；因为这部小说的叙述及其有限的视角来自一个没有地位的孩子——一个已经被叙述者所讨厌且似乎从未羡慕过的中产阶级社会"他者化"了的局外者、边缘人；也因为这部小说用喜剧、戏仿，甚至过于夸张的故事形式将自己伪装了起来。

在这个年轻而精明，从未被资产阶级的欲望、愤怒和无助侵蚀的无辜者哈克身上，马克·吐温写下了他对奴隶制和将会成为中产阶级之人自命不凡之处的批判，对失乐园的抵抗和成为一个社会个体的艰难。然而，哈克奋斗的动力来自黑鬼吉姆，而黑鬼这个词与哈克思考自己是谁、是什么——或者更准确地说，不是谁、不是什么——密不可分，它们之间的关系是绝对必要的（出于我在上文中阐述过的原因）。关于《哈克贝利·费恩历险记》作为美国（甚至"世界"）小说的伟大或近乎伟大之处的争议之所以存在，是因为人们并没有仔细探究奴隶制与自由之间相互依存的关系，吉姆在哈克的成长过程中起到的服务作用，以及马克·吐温为何无法继续探索那奔赴自由之地的旅程。

评论界争议的焦点集中在小说所谓的致命伤，也就是它分崩离析的结局上。有人认为结局非常精妙，它把汤姆·索亚带回了他应该出现的舞台中央。也有人认为这是对罗曼司体裁的危险与局限之处的精彩呈现。还有人认为这是一个惨淡而混乱的结局，因为作者在经历了一段漫长的瓶颈期后失去了叙事方向；出于厌恶，他把严肃的成人话题变回了儿童故事。又或者，这个结局对吉姆和哈克来说都是一次宝贵的学习经验，因此无论是我们还是他们都应该对它心存感激。但没有人注意到，根据小说给定的条件，哈克不可能在没有吉姆的情况下在美国成长为一个有道德的人。让吉姆获得自由，让他进入俄亥俄河的河口，进入自由区，就等于抛弃让这本书成立的整个前提。无论是哈克还是马克·吐温都无法容忍——哪怕只是想象——让吉姆获得自由。这会彻底毁掉他们对吉姆偏爱的根基。

因此，这个糟糕的结局实际上精心推迟了必要且必然不自由的非裔角色的逃跑，因为如果没有了奴隶制的幽灵、个人主义的止痛药，没有了这把对他人生命享有绝对权力的量尺，没有了黑奴不断发展与变化的标志性存在，自由对哈克或小说的文本来说都没有意义。

小说在其整体结构的每一个结点、每一处裂隙中，都反复提及了奴隶的身体和性格：小说如何叙述，它被何种正当或不正当的激情所制约，它能够承载什么程度的痛楚，它承受痛苦的极限在哪里——如果存在极限的话，它又为宽恕、同情与爱提供了怎样的可能性。小说中有两点让我们印象深刻：这位黑人角色对他的白人朋友和白人主人显然有着无尽的爱与同情，而且他认为白人的确像他们所说的那样更优越、更成熟。我们可以把将吉姆塑造成一个可见的他者的做法解读为白人对宽恕与爱的渴望，但这种渴望只有在吉姆认识到自己的劣等（不是作为奴隶，而是作为黑人），并鄙视这种劣等性的时候才可能实现。吉姆让迫害他的人折磨他、羞辱他，并以无尽的爱来回应这些折磨和羞辱。哈克和汤姆对吉姆的羞辱做作而无休无止，愚蠢而让人于心不忍，这还是在我们了解到吉姆是一个成年人、一个体贴的父亲、一个敏感的男人之后发生的。如果吉姆是哈克结识的一个白人逃犯，这样的结局就变得不可想象也无法书写：因为作者不可能让两个孩子用如此令人痛苦的方式玩弄一个白人男性（且不论他的阶级、教养或逃犯身份），而我们已经知道他是一个有道德的成年人。吉姆的奴隶身份让戏弄和迟来的自由得以成立，但这也在风格和叙事模式上让奴隶制和（在现实与想象中）获得自由之间的关联更加戏剧化。吉姆显得不自信、不理智、慈爱、热情、充满依赖、不擅长表达（除了他与哈克那些不为人知的、漫长的亲密"交谈"——但你们都聊了些什么，哈克？）。值得我们探究的不是吉姆看起来如何，而是马克·吐温、哈克，以及尤其是汤姆，需要从他身上得到什么。从这个意义上说，这本书可能的确称得上"伟大"，因为它从结构上，从它最后让读者经历的痛苦中，从它直接挑起的论辩中，模拟并描绘了白人自由寄生于他者之上的本质。

在爱伦·坡四十年前的作品中，我们可以看到美国的自我认知与非洲主义之间有着类似的联系，并同样对它们之间的依赖关系秘而不宣。我们可以从《金甲虫》和《如何写一篇布莱克伍德式的文章》（还有《阿瑟·戈登·皮姆的故事》）中找到一些例子，来说明这位自诩种植园阶级的作家对美国文学中常见的"他者化"文学技巧的迫切需要：疏离的语言、浓缩的隐喻、恋物癖式的策略、基于刻板印象的言简意赅、寓言式的欲言又止和为了巩固角色（以及读者）的身份而采取的策略。但其中也有不可控的失误。据说在《金甲虫》中，黑奴朱庇特会用鞭子抽打他的主人；在《如何写一篇布莱克伍德式的文章》中，黑仆庞培站在一旁，沉默地品评着女主人的滑稽行径。皮姆在遇到黑人蛮族之前就已经开始吃人了；当他从中逃离并目睹了一个黑人的死亡之后，他漂向了一片难以捉摸、含混不清的白色的沉默中。

我们还能联想到其他在文学旅程结束之际深入"黑人性"的禁忌之地的意象。在福克纳的《押沙龙，押沙龙！》中，在对那意味深长的非裔血统进行了漫长的搜寻之后，小说给我们留下的是一幅抹除了种族、洁白如雪的画面吗？并非如此。施里夫认为自己是非洲王室血统的继承者；而雪显然是一片毫无意义、深不可测的"白人性"荒原。在《乞力马扎罗的雪》中，在海明威笔下的非洲大陆上，哈利的命运和死亡时分的梦境都汇聚在那"雄伟高耸，在阳光下白得令人难以置信"[1]的山顶之上。《有钱人和没钱人》以一艘白船的形象结束。威廉·斯泰伦[2]让奈特·特纳的

---

① 此处及下文中的引文出自译林出版社 2012 年版的《乞力马扎罗的雪》（汤伟译本）。

② William Styron（1925—2006），美国当代著名小说家。下文中提到的奈特·特纳是他的代表作《奈特·特纳的自白》的主人公。

旅程开始于也结束于一个漂浮着、没有门窗、不协调的白色大理石建筑。在《雨王亨德森》中，索尔·贝娄让主人公往返于幻想之中的非洲的旅程结束在冰面之上，结束在一片纯白的冰冻荒原之上。亨德森怀抱着一个非洲孩子，行囊中安放着黑人国王的灵魂，他在白色的冻土上跳着、喊着，在全新的大地上成为一个全新的白人："跑呀，跳呀，声音铿锵地跑跳在北极沉静而又灰蒙蒙的洁白的雪地上。"①

如果我们将这些与非洲主义的遭遇的反身性本质贯彻到底，我们就会明白："黑人性"的意象既可以代表邪恶，也可以意味着守护；既可以代表反叛，也可以表示宽恕；既可以令人恐惧，也可以使人向往——它可以意味着其自身所有自相矛盾的特征。"白人性"自身则没有声息，没有实意，深不可测；它无用，冷酷，遮遮掩掩；它令人畏惧，荒诞而顽固。至少作家们似乎是这么告诉我们的。

---

① 此处引文出自上海译文出版社 2006 年版的《雨王亨德森》（蓝仁哲译本）。

第三章　可怕的护士，善良的鲨鱼

但有一种

特殊的地狱

在黑人女人躺下

等待一个男孩的地方

之外——

威廉·卡洛斯·威廉斯 [1]

《亚当》节选

　　种族已经成为一种隐喻，用来指代与掩饰社会衰退与经济分化中的种种力量、事件、阶级与表现形式——它们对国家政体的威胁远远大于生物意义上的"种族"所带来的威胁。种族主义

---

[1] William Carlos Williams（1883—1963），美国诗人。

作为竞选活动中一种虚假无用的政治资产，它难以维护，不符合经济利益，但在今天却像在启蒙时代时那样蓬勃发展。它的效用似乎远不止经济利益，也超出了对不同社会阶层的隔离功能。它通过隐喻拥有了自己的生命，并彻底地嵌套在日常话语之中，这让它可能会比之前任何时候都显得更有必要，也更显而易见。

至于我是否错判了种族主义在社会和政治行为中的适用期限，我为此做好了被纠正的准备。但我现在依然相信，种族的隐喻内涵及其形而上学的用途在美国文学与"国家"特质中占据了决定性的地位，也应当引起致力于解读它的文学研究者的重视。

在这最后一章中，我试图研究并追溯美国非洲主义的演变过程：从它建立等级化差异这种简单而具有威慑性的目的，到它对于差异性的缺失进行的反身性思考的替代功能，再到它在恐惧与欲望的修辞学中的全面发展。

我关于非洲主义已经在形而上学的层面变得必要的推论，绝不是说它已经失去了意识形态上的效用。通过对劣等性与等级差异的论断，人们仍然可以将对权力的掠夺和掌控合理化，借此获得更多不义之财。通过把阶级冲突、愤怒和无能隐藏在种族形象中，人们仍然可以继续幻想一个民主的平等主义，以安抚整个国家。人们仍然可以从"个人主义"和"自由"的丰硕果实中榨取汁液，只需将这些果实悬挂在被迫充当自由的对立面的黑人群体之上：当个人主义建立在刻板、矫作的依附关系上，它便变得显眼（并令人信服）。当身边有一群被束缚、不自由、经济上受压迫、被边缘化、被噤声的人，人们便会更加珍惜（迁移、谋利、学习、追求强大、讲述世界的）自由。意识形态对种族主义的依赖完好无缺，并像它的形而上学存在一样，在历史、政治和文学话语中提供了一条思考道德和伦理的安全路径——一种审视身心二元论的方式、一种思考正义的方式、一种思考现代世界的方式。

有人会说，以白人为主体的美国当然也曾在不提及生活在其中的黑人处境的情况下，思考过道德与伦理、崇高的心智与脆弱的肉身、进步与现代性的利害得失等问题。他们总会问，我们能在哪里找到充分的记录，以证明种族的确是这些议题的一部分？我对这些问题的回答是：在哪里找不到与之相关的记录呢？

哪一种公共话语没有提到过黑人？对黑人的指涉存在于这个国家每一次大规模的斗争当中。黑人的境遇不仅为制定宪法提供了重要依据，也为无产者、妇女和未受教育者争取权利的斗争提供了主要的参考材料。它还存在于免费公立学校系统的建设过程中，立法机构里平衡代表权比重的问题上，存在于法学和司法对正义的定义当中。它存在于神学话语中、银行机构的备忘录上、"昭昭天命"①的概念中，还有伴随着（或在此之前）每一个被纳

---

① 原文为 manifest destiny，指 19 世纪认为美国在北美大陆扩张领土的行径是正当的、天命注定的意识形态。

入美国公民大家庭的移民群体的宏大叙事之中。黑人的存在与性别和家庭关系一样，是每个孩子最早学到的关于自身与众不同之处的一课。非洲主义与美国性的定义是密不可分的——从后者的起源时期，直到其自我趋于融合或逐渐分化的二十世纪。

美国文学就像其历史一样，为种族差异的概念在生物学、意识形态和形而上学中的演变过程提供了写照。但文学还有另一个方向与主题：个人想象如何与其所处的外部环境进行互动。文学通过修辞手法对非洲主义的社会规范进行扭曲与再分配。在滑稽剧中，白人在脸上涂上一层黑色，就能将自己从规范中解脱出来。正如表演艺人们通过运用黑人面孔使原本属于禁忌的话题变得可以接受一样，美国作家们也能利用他们想象出来的非洲主义形象，来表达一些在美国文化中不被允许的内容，并将其从想象化为现实。

无论间接还是直接，迂回或是明确，对非洲主义存在的语言回应都使文本变得更为复杂，有时甚至与文本完全相悖。一个作家对美国非洲主义的回应往往形成一种潜台词，这种潜台词要么直接推翻表文本所传达的意思，要么通过某种语言，将自身无法表达但仍试图透露的内涵神秘化，从而绕开表文本的意图。对非洲主义的语言回应通过引发共鸣和传达启示进一步突出文本主题的问题。它可以作为寓言的素材，让人思考伊甸园、放逐和获得恩典的可能。它提供悖论和歧义；它以遗漏、重复、混乱、对立、物化和暴力为策略。也就是说，比起我们通常看到的那种阐割过的版本，针对非洲主义的语言回应赋予了文本更深刻、更丰富、更复杂的生命。

詹姆斯·斯尼德[1]在他关于福克纳的著作中评论道，种族分化"在书面形式中最能体现其缺陷"：

> 人们或许会认为，种族主义是叙述者利用修辞策略建立统治的一种标准配方。种族分化的典型特征会反复体现在音素、句子和故事的层面上：一、对融合的恐惧或对因与他人联结而失去自我的恐惧，导致人们想要用种族清洗作为一种对抗差异的区分性策略；二、标记或提供显而易见的（通常是视觉上的）外在特征和与其相对应的内在价值，通过视觉对立来增强这一身体特征在概念上的效用；三、通过不平等的替代性语言促进种族在空间和概念上的分离，这种语言倾向于将一个处于从属地位的阶层从享有价值和尊严的领域中驱除并疏远；四、在写作、讲述或传述的过程中，重复或通过赘述强化这些对立；五、为惩罚现实或想象中的罪行，通过随机且不可预测的暴力来体现谩骂和威胁；六、通过一种宣称歧视显然是合理且自然的假省笔法[2]，来省略和隐藏这些过程。

"福克纳，"他接着说，"通过自己的文学手法与这些社会符

---

① James A. Snead（1953—1989），美国作家、美国黑人文学与文化研究学者。
② 一种通过表面上的忽略与否定达到引人注意的效果的修辞手法。

号相抗衡。"*

根据斯尼德这些很有建设性的分类，我们可以列出一些小说中用来处理黑人角色所带来的重大影响的常用语言策略。

一、基于刻板印象的言简意赅：这让作者能够快速而又轻松地得到一个人物形象，而无须做到具体、准确，也无须进行对叙事有益的描写。

二、转喻式置换：这种策略说到的比做到的多，而且它依赖读者的共谋来达成目的。肤色编码以及其他身体特征成为了取代而非指涉非裔角色的转喻。

三、形而上学的浓缩：这让作者能够将由于社会和历史原因形成的差异转化为普遍差异。通过将人降格为动物，从而制止人与人的接触和交流；通过把人类语言描绘成咕噜声或其他动物的叫声，以杜绝沟通的可能性。

四、恋物化：这种手段在唤起对肉欲的恐惧或渴望时，以及在没有差异或差异很小的情况下建立稳固而强大的差异时特别有用。比如，血统就是一种随处可见的恋物对象——黑人血统、白人血统和纯正的血统；白人女性的性纯洁，非裔血统与性爱的污秽。恋物化是一种经常被用以维护文明和野蛮之间绝对界限的策略。

---

* 詹姆斯·斯尼德.分裂的形象：威廉·福克纳的主要小说作品.纽约：梅休因出版社，1986：x-xi. James A. Snead, *Figures of Division*：*William Faulkner's Major Novels* (New York：Methuen, 1986), pp. x–xi.

五、去历史化的寓言：这一策略导致了历史讨论的终结而非开放。如果差异被塑造得如此之大，以至于文明开化的过程变得没有期限——它将在不确定、无限长的时间内持续进行，那么历史作为事物演变的过程，就被排除在了文学之外。弗兰纳里·奥康纳的短篇小说《人造黑鬼》中，对海德先生沾沾自喜的种族主义观念的描写就说明了这一点。卡森·麦卡勒斯在《心是孤独的猎手》一书中用寓言塑造她的人物，来哀悼终结的必然性和独白的徒劳。梅尔维尔也用寓言的形式——白鲸、种族身份混杂的船员、一黑一白的男性伴侣、面对无法参透的"白"不断追寻与质疑的白人男性船长——探究并分析等级制度带来的差异。与梅尔维尔不同，爱伦·坡在《阿瑟·戈登·皮姆历险记》中使用寓言式的机制不是为了直面并探索种族差异，而是为了逃避并同时记录下种族差异中必然存在的僵局、疏离与逻辑谬误。威廉·斯泰伦的《奈特·特纳的自白》开始并结束于一栋封闭的白色建筑，这暗喻了他所参与其中的那项事业的破产：对黑白种族屏障的突破。

六、爆发式的、不连贯的、重复的语言模式。这意味着文本已经失控，而这种失控被归因于文本所关注的对象，而不是文本本身的内在形态。

我围绕着这些语言策略讲了这么多，是因为我想把它们与特定的文本联系起来。

当我意识到欧内斯特·海明威的作品离非裔美国人有多远的时候，我对他的兴趣变得更加浓厚了。也就是说，他不需要、不希望也不知道黑人可以成为他作品的读者，或是任何存在于他的想象力所塑造的（以及他想象当中的）世界之外的人。因此，我发现他使用非裔美国人角色的方式比爱伦·坡的作品更为质朴而不自知。例如在坡的作品中，社会的不安定让卑躬屈膝的黑人变得不可或缺。

　　我们可以认为，海明威的作品与十九世纪意识形态的议程无关，也不具备近来所谓的后现代主义的触觉。有了这个前提，探究海明威的小说是如何被非洲主义式存在所影响的——它是如何让写作变得自欺欺人、自相矛盾，或者依赖这种非洲主义式存在来试图解决某些问题——可以作为一个"纯粹"的案例，来检验一些我一直在推进的命题。

　　我会从《有钱人和没钱人》这本出版于一九三七年、被很多人认为带有明显政治性的小说开始说起。故事的中心角色哈里·摩根似乎代表着经典的美国式英雄：一个孤独的人与一个限制他自由和个性的政府作斗争。他对自己赖以维生（他以捕深海鱼为生）但又不断破坏的大自然充满了浪漫而又感性的崇敬之情。他能力强、精明世故、见多识广，对与他不同的人缺乏耐心。他充满了阳刚之气，敢于冒险也热衷于冒险；他认为自己是一个正直而问心无愧的人，任何对他这一自我评价的质疑或挑战似乎都是对他的羞辱。在我挑战这种印象之前，我想探究海明威是如何向读者表现哈里的见识、阳刚、自由、勇敢和道德。

小说开篇仅仅十页，我们就邂逅了非洲主义式存在。哈里让一个"黑鬼"成为了他的船员，这个人在小说的第一部分中一直没有名字。这句话成为了他登场的信号："就在这时候，那个被我们差去买鱼饵的黑鬼从码头上走来了。"这个黑人不只是过了五章都没有名字，他甚至还没有被正式雇佣，而只是一个"被我们差去买鱼饵的"——一个训练有素的临时工，而非职业的工作者。当白人顾客约翰逊反对让他加入这次航程时，哈里以这个黑人的技术为由为他辩护："他装得一手好鱼饵，他手脚麻利。"而我们也被告知，这个无名之辈在其余的时间会睡觉和读报。[1]

当作者在小说的第二部分转换叙述视角时，这种无名无姓的状态发生了奇怪的变化。第一部分以第一人称叙述，每当哈利想到这个黑人时，他想到的是"黑鬼"一词。当海明威在第二部分中用第三人称视角叙述并再现哈里说的话时，出现了两种关于这个黑人的表述方式：一方面，他仍无名无姓，受制于种种刻板印象；而另一方面，他又有了自己的名字和个人化的特征。

哈里在直接与他对话时称他为"韦斯利"；而当叙述者提到他时，海明威写的却是"黑鬼"。不用说，这个黑人从来没有被当作一个男人（除了在他自己心目中）。在第二部分中，"男人"

---

[1] 出自上海译文出版社 2009 年版的《有钱人和没钱人》（鹿金译本）。鹿金的译文把原文中带有侮辱性的"黑鬼"（nigger）一词译作较为中立的"黑人"（Negro），此处及后文为了凸显海明威原文的措辞与莫里森的种族批评，选择了更贴近原文的用词。

这个词仍然被用来指代哈里，并被不断重复。"黑鬼"这个词包含了肤色和阶级的含义，它为标明种族在空间和概念上的差异提供了捷径。这个词处在人与动物之间，在表示其特定的意味的同时也在掩饰这一点。这个黑人角色要么不说话（当他是"黑鬼"时，他是沉默的），要么严格按照他人的规定与操纵说话（当他是"韦斯利"的时候，他讲的话服务于哈里的需求）。让"黑鬼"在这个以行动为主导的故事中保持沉默的做法显然是有问题的，所以海明威必须多费一些力气。

在第一部分的一个关键时刻，当船长和他的顾客都对这趟捕鱼之行感到失望时，船驶入了一片丰饶的水域。哈里在指导约翰逊，而那个黑人在掌舵。早些时候，哈里明确地告诉我们，除了割鱼饵之外，那个黑人只会读报和睡觉。但海明威意识到，哈里不能同时出现在两个关键地点：既要指导无能的约翰逊，又要驾驶船只。别忘了船上还有另一个人，那个名叫埃迪的酒鬼，尽管他并不可靠，无法承担掌舵的重任，但他的男子气概、说话方式和身体特征都得到了交代。埃迪是白人，而且我们知道他是白人，因为没人提及这一点。此刻，哈里在照顾他的顾客，而埃迪陷入了甜蜜的昏睡之中，可以掌舵的只有那个黑人。

当前方水域发出了预示着丰收的信号——在船头前方可以看到飞鱼跃出水面——而那个面向前方的船员应当是第一个看到它们的人。事实也的确如此。问题是如何在承认他就是第一眼看到飞鱼的人的同时，又能继续压制这个至今仍一言未发的"黑鬼"。

解决的方法是一个异常尴尬、构造古怪的句子："那个黑人仍然在把船向外开；我望过去，看到他已经看到前面在稍微近上游的地方，突然出现一片飞鱼。"*"（我）看到他已经看到"的表达在句法、语义和时态上都不太成立，但就像其他可用的选项一样，海明威冒险使用这个句式来避免呈现一个会说话的黑人。因此，作者给自己抛出了一个难题：如何表达一个人看见另一个人已经看到的东西。

一个更好的、毫无疑问也更为优雅的选项是让那个黑人在看到飞鱼的时候大喊出来。但是带有种族歧视的叙事逻辑导致了作者不可能把对哈里的工作如此重要的一句话放在一个没有姓名、没有性别也没有国籍的黑人角色口中。看到这一切的必须是那个有权力、有权威的人。"看到"的权力属于哈里，而属于那个黑人的只有被动接受的无能为力，即使他自己不会说出口。让他消声，不给他说出一句重要的话的机会，这样的考虑让作者不得不放弃一个更为通透的叙事方式，而在助手和船长之间建立起一种奇怪的沉默关系。

我想知道，如果小说在开头就把这个角色人性化，让他更男性化，这会带来什么代价？首先，哈里的定位——他的人物出发点和设定——会变得非常不一样。他将不得不被拿来与这些角色

* 欧内斯特·海明威 . 有钱人和没钱人 . 纽约：格洛斯特和邓洛普出版社，1937：13，7–8，68–70，75，87，86，258，259，113. Ernest Hemingway, *To Have and Have Not* (New York：Grosset and Dunlap, 1937), p. 13; subsequent quotations are from pp. 7–8, 68–70, 75, 87, 86, 258, 259, 113.

做比较：一个无用的酒鬼、一个卑劣的顾客，和一个（至少在作者的暗示之下）有着独立生活与独特个性的船员。哈里会失去与一种暗示着性兴奋的模糊存在之间的对比与联系，这一存在是对哈里男子气概和能力的潜在威胁，也暗含着暴力。最后，他将失去一个与自身互补的形象，一个可以被想当然地认为在某种意义上受束缚、被固定、不自由而有用处的形象。

在黑人船员出现之前，小说就已经通过发生在咖啡馆外的枪战强调了暴力的迫近。在这一幕中，古巴人不是按国籍区分（所有在古巴出生的人都是古巴人），而是按黑人或非黑人、古巴人或黑人的方式区分。在这场杀戮中，小说特意把黑人挑出来，将其作为最无端的暴力与野蛮的象征。海明威写道：

拿汤姆生式冲锋枪的那个黑鬼把他的脸几乎贴到地面上，从下面向大车背后砰砰地连续开火，果然，有个人倒下来了……接着在十英尺外，那个黑鬼用汤姆生式冲锋枪打中了他的肚子，那一定是最后一发子弹，因为我看到他扔掉了那支枪，接着老伙计潘乔砰地坐下，身子向前倒去。他试着站起身来，手里仍然握着那把卢格尔牌手枪，可是他的头抬不起来，这时候，那个黑鬼拿起那把靠在驾驶员身旁那个车轮上的猎枪，把他半边脑袋打掉了。真是个好样的黑鬼。

在第二部分，哈里和黑人船员的确进行了对话，那个黑人也说了很多。但显而易见的是，这个黑人说的话服务于哈里。他所说的话和他说话的时机都是为了让哈里赢得赞誉。韦斯利的言语仅限于牢骚、抱怨和为自己的脆弱道歉。而我们在听韦斯利发牢骚、呻吟，看他展现脆弱的一面长达三页之后，才知道哈里也中枪了，而且伤势比韦斯利还重得多。相比之下，哈里不仅没有提及自己的伤痛，还对哭哭啼啼的韦斯利充满同情，并以一种坚忍的男子汉姿态，完成了驾驶船只和把违禁品迅速扔进海里这些艰巨的任务。在我们听韦斯利说话的时候，哈里忍受着更重的伤痛这一信息被延后了：

　　"我中了枪子儿……"

　　"你只是害怕罢了。"

　　"不，先生。我中了枪子儿，而且我痛得厉害。我一直在抽痛，痛了整整一宿。"

　　"我痛，"那个黑鬼说，"我一直越来越痛。"

　　"我感到难受，韦斯利，"那个人说，"可是我得掌管舵轮。"

　　"你待一个人就像待一条狗。"那个黑鬼说。这会儿，他发脾气了。可是，那个人仍然为他感到难受。

　　最后，在我们和哈里的耐心都被耗尽了的时候，我们听到了这样的对话："'到底谁受的枪伤更重？'他问黑人，'你，还是我？''你的枪伤更重。'那个黑人说。"

称呼的选择和布置（"黑鬼""韦斯利"和一度使用过的"黑人"）看起来可能既随意又混乱，但实际上，这却是精心安排的。在与一位助手的对话中，哈里不可能在不冒犯读者（和那位助手）、不违背他富有同情心这一人物设定的情况下叫他"黑鬼"，所以他用了对方的名字。但掌控一切的叙述者却无须承担这样的责任，而是一直使用带有侮辱性的泛称："那个黑鬼把脸贴在一个麻袋上，抽抽搭搭地哭起来。那个人继续举起一麻袋、一麻袋的烈酒从船边上扔到海里去。"一旦韦斯利道歉，承认并接受了他的低劣之处，哈里就可以在与他直接对话时以一种熟人之间的情谊，既使用他的大名，又称呼他为"黑鬼"——哈里也的确这么做了："'哈里先生，'那个黑鬼说，'我没能帮助扔掉那批货，我感到抱歉。''去他的，'哈里说，'没有一个黑鬼挨了枪子儿，还能干什么活儿的。你是个挺不错的黑鬼，韦斯利。'"

　　上文提到，这个黑人说的话可以分为两大类：牢骚和道歉。但还有第三类。在整个交流过程中，当两个人都在承受痛苦时——他们一个坚忍不拔，另一个泣不成声，而那个黑人在呜咽和恐惧的间隙之中还在批评白人哈里。这些转换很有意思，因为它们描绘了另一个哈里——一个反人道的否定与厄运的化身。这些过渡方式在海明威的小说中一再出现。对不人道行径的指责作为一种象征着厄运的预言，反复地出自他作品中的黑人角色之口。"一个人的性命不是比一船酒更值钱吗？"韦斯利问哈里。"人们干吗不老老实实、正正派派，过老实、正派的日子呢？"

"你对别人遭到的痛苦一点不关心……你简直不像人。""'你不是人,'那个黑鬼说,'你没有一点人心。'"

当海明威开始描写男女关系时,我此前一直描述的非洲主义服务他人的用途就变得更为明显。在同一部小说中,我们最后听到的是哈里忠诚的妻子玛丽的声音,它在列举并赞美已故丈夫的美德、气概和勇敢。她臆想中的几个元素可以系统地整合为:一、刚强、善良、勇敢的哈里;二、关于古巴的种族主义观点;三、没能得逞的黑人的性骚扰行为;四、白人性的具象化。

在玛丽深情的回忆中,哈里"天不怕地不怕,结实,敏捷,像一种珍贵的动物。只要一看到他走动,我就不由自主地会着迷"。在赞美性、力量和可敬(而奢侈)的暴力之后,玛丽紧接着想到了自己对古巴人的恨(是古巴人杀了哈里),并说道:"古巴人是佛罗里达州沿海小岛上的当地人的灾星。古巴人是任何人的灾星。他们那儿还有太多的黑鬼。"做出这个判断之后,她记起了自己在二十六岁时,和哈里一起去哈瓦那旅行。当时哈里很有钱,他们在公园散步时,一个"黑鬼"(与古巴人相对,尽管她说的那个黑人既是黑人又是古巴人)对玛丽"说了不知什么话"。哈里打了他一巴掌,把他的草帽扔到了马路上,一辆出租车从草帽上碾过。

玛丽记得她当时笑得肚子疼。紧接着在下一个自然段,哈里在玛丽的想象中进一步与性、力量和保护产生了联系。"那是我第一回把头发染成金黄色。"肤色作为一种性符号，将这两件事在时间和地点上紧密地联系在一起。我们不知道那个黑人说了什么，但可怕的是他竟然开口说话了。他开口说话，仿佛在索求一些亲密，这已经令人不能忍受，更何况他试图窥探他们并把他的性自我放置到他们的空间和意识中去。主动地搭话让他成为一个因为会说话而变得带有侵略性的存在。在玛丽的回忆中，性、暴力、阶级和公正的惩罚机制融合在了一个万能的黑人角色身上。

玛丽和哈里这对年轻而恩爱的夫妇显然有足够的金钱，用来在古巴享受权力带来的特权。闯入这个伊甸园的是一个用无礼之言亵渎了它的黑人。这种包含了性暗示的无礼立刻受到了哈里暴力的惩罚。他打了那个黑人一巴掌。除此之外，他还捡起黑人掉在地上的草帽，侵犯了他的财产，正如那个黑人玷污了哈里的财产——他的妻子。当出租车这个非人类的、不偏不倚的机器冲了过来，从帽子上碾过去时，好像整个宇宙都在急忙赶来加入并认可哈里的回应。正是这种戏剧化的强调，以及对这位"结实而敏捷"的丈夫显而易见的放心和崇拜，让玛丽笑了出来。

接下来在美发店里发生的事情建立在之前的插曲上，也与来自黑人对隐私的侵犯和性暗示相关，而玛丽必须得到保护，以免受其伤害。在性的语境下，对种族差异的建构紧迫而必要。玛丽告诉我们她是如何从黑变白，从深色头发变成金色头发。这是一个痛苦而艰难的过程，但结果证明，从她在性、受到的保护和差异化这几个方面收获的回报来看，这种痛苦是值得的："整个下午，理发师干着这个活儿，我的头发天生颜色深，理发师都不想揽这活儿……可是我跟理发师不停地说，想办法把头发尽可能染得淡一点……我想说的只有一句话，想尽一切办法，尽可能把头发染得淡一点。"

当漂白和烫发完成后，玛丽表现出的满意之情哪怕不具有明确的性意味，也绝对与情欲相关。"我伸手摸摸头发……我没法相信，那就是我；我兴奋得连气都透不过来了……我是那么兴奋，心里觉得糊里糊涂，好像要晕过去似的。"这是一次真实的转变。玛丽变成了一个连自己都难以置信的自己，金子般柔顺、丝滑。

她对自己变白的欣喜得到了哈里的呼应。见到她之后，他说："耶稣啊，玛丽，你真美。"当她想听到更多对她美貌的称赞时，他让她不要多说——"咱们去旅馆。"这一高涨的性欲紧跟在一名黑人男子越界的性骚扰行为之后。

如果侮辱玛丽的是一个白人，会有什么后果？她还会去漂白头发吗？即使她漂白了头发，她还会使用如此充满情欲和性意味的语言吗？构建从深到浅的差异，对于一个性欲旺盛的自我来说，会带来什么样的成果？对于一个在这世上感到强大和协调的自我来说呢？

来到哈瓦那的这些游客遇到了一个当地人，他们在这个过程中享有特殊的地位，因为他们是白人。但为了让我们确信这种地位是应得的，也为了暗示它或许极为强大，他们遇到了一个猥琐的、体格处于劣势的黑人男性（他的劣势体现在哈里没有用拳头，而是用巴掌打他），他代表了非法的性欲望；通过对比，这种性欲让叙事得以转而考虑相比之下更为优越、更加合法的白人男性。

在这里，我们发现非洲主义被当作一种用以塑造人物的基础小说技法。在一个所有的价值区分都面临消失的环境中——底层劳动者、无业者、古巴恐怖分子、暴力但胆小的黑人、被阉割的上层阶级、剥削女性者，哈里和（曾经是妓女的）玛丽获得了一种具有性价值的权力。他们用自己充分表现出的人性与声名狼藉的非洲主义相比较，以博得我们的钦佩。文本是这些表述的同谋：非洲主义不仅是一种展示权威的手段，实际上，它还构成了权威的来源。

《有钱人和没钱人》运用和分配非洲主义的策略在下文中将会讨论到的海明威的另一部作品中变得更加复杂。在他死后出版的《伊甸园》中，通过非洲主义的话语实践和非洲主义神话学，意识形态中的非洲主义得到了隐喻上的扩展，成为对整个美学的系统表述。非洲主义——对肤色的迷恋、转嫁于"黑人性"之上的越轨的性、混乱、疯狂、不当行为、无政府状态、陌生，以及无助而不幸的欲望——为一部小说提供了令人生畏的场域，来为一个完整但从未被框定的美学体系制定条件、绘制蓝图。但在描述这一美学体系之前，我想提及作者特别关注的一个问题。

海明威对一位护士的迷恋在他的小说、评论、传记资料和这位护士本人最近出版的回忆录中都有记载。受伤的士兵和护士的故事十分常见，其中也毫不意外地包含着一些悲情的元素。身处困境，甚至陷入生命垂危的境地时，有人受雇来全心全意地帮助你，这是一种慰藉。如果你决意戏剧化地表现出自立自强的姿态，急切地想证明你可以独自一人（并毫无怨言）地承受痛苦，那么有一个自愿或受雇来照顾你的护士，并不会违背你作为一个勇敢、寡言的受难者的自我形象。这个过程不会牵涉到个人需求，也谈不上寻求帮助，不管你从细致而专业的照料中获得什么好处，也不会在情感上对护士有所亏欠。

海明威小说中的一些女性作为欲望的对象，尽管没有职业身份，却具备护士的特征。她们本质上都是好妻子、好情人，体贴、周到，从不需要别人告诉她们，她们心爱的男人需要什么。如此完美的护士虽然少见却十分重要，因为她们为文字所向往的事物提供了一个参照。更为常见的则是那些难以承担甚至抛弃了照护责任的女性：那些对沉默的伤患施以毁灭与伤害而非扶持的女性。

但在海明威通常更愿意身处其中的男性世界中，我们也能注意到男性护士形象的出现。这些角色就像那些极少数的女性护士一样，投入、体贴，能照顾到叙述者的需要。这些男性照护者中的一部分显然是温柔的助手——他们从护理中得到的，除了最低工资或病人的满足之外别无他物。另外一些男性护士以一种勉强、沉闷的姿态为叙述者服务，但他们服务于文本的方式极其慷慨。不管是配合还是不情愿，他们都是为独行侠服务的汤头，他们尽可能完成一切，来让独行侠能够继续沉湎于孤身一人的幻想中。①

在这里引用独行侠十分合适，因为海明威笔下的独行侠不仅始终有人陪伴，而且他的汤头——他的男性照护者——也几乎都是黑人。从在非洲猎场上驮着白人行李的非洲搬运工，到在渔船上割鱼饵的工人，从过气的拳击手身边忠实的伙伴，到贴心周到的调酒师——令人印象深刻的黑人男性照护者随处可见。

除了赋能的属性之外，他们还有一些使人失能的属性。一旦他们的等级和地位得到了叙述者的说明，并被黑人角色所接受，他们会说出一些了不得的话。在短篇小说《杀手》中，黑人塞姆对尼克说："毛孩子总是自以为是。"他对尼克想要承担的责任付之一笑，用嘲讽的口吻评论尼克的男子气概。韦斯利告诉哈里·摩根："你简直不像人。"扛枪人告诉弗朗西斯·麦康伯，狮子还活着，野牛也活着。②在《拳击家》里，柏格斯被描述为一个

---

① 独行侠与汤头是以19世纪美国西部为背景创造的虚构人物，从20世纪上半叶开始出现了一系列相关的电台节目、电视、漫画与电影。汤头作为前得克萨斯州骑警独行侠的原住民帮手，如今常被认为带有种族主义色彩。
② 出自海明威的短篇小说《弗朗西斯·麦康伯短暂的幸福生活》。

"声音温柔、行事疯狂的黑人"。根据肯尼斯·林恩[①]的说法，柏格斯"母亲一般"地对待阿德这位因职业原因而破了相的前拳击手："给他做美味的火腿蛋三明治，永远彬彬有礼地称呼他为弗朗西斯先生。但这个殷切的黑人同时也是一个虐待狂，就像他随身携带着的短棍上磨损的黑色皮革所证明的那样。既是主人又是奴隶，既是破坏者又是照护者，这个黑人是海明威笔下的又一个黑人母亲形象。"[*]虽然这位批评家用了"母亲"这个标签，但他推断的依据不是生物学上的关系，而是这个词所包含的照顾和护理的特性。当阿德失控时，柏格斯用他的短棍狠狠地打他。（还记得爱伦·坡的短篇小说《金甲虫》中的奴隶朱庇特吗？他也获得了类似的鞭打主人的许可。）柏格斯还有预言的天赋："他说他从没发过疯。"阿德告诉柏格斯。柏格斯回答说："他运气好。"[②]林恩指出，在二十世纪五十年代后期，海明威曾向一位朋友透露了自己"对这些不祥的话极为敏感，就好像相信它们应验了某些预言"。

不管他们作为照护者是忠诚还是反叛，是否在滋养的同时也殴打着主人的身体，这些黑人男性都清晰地指明了叙述者的厄运，也否定了同为主人公的叙述者的自我建构。他们改变了他的自我形象；他们违背了照护者提供慰藉的基本功能。简而言之，

---

① Kenneth Schuyler Lynn（1923—2001），美国作家、历史学家、文学评论家。

* 肯尼斯·林恩 . 海明威 . 纽约：西蒙与舒斯特出版社，1987：272–273. Kenneth S. Lynn，*Hemingway*（New York：Simon and Schuster，1987），pp. 272–273.

② 此处的引文出自上海文艺出版社 2019 年版的《海明威短篇小说选》。

他们以微妙而有力的方式扰乱了叙述者对现实的建构。作为读者，我们不禁要问，我们应该如何理解这些预言、这些笔误、这些或清晰或隐蔽的干扰？我们还想知道，为什么它们经常出自黑人之口？

这就像不受控制的护士。照护的对立面，与帮助和治疗相对的，是毁灭的形象——一个贪婪的掠食者，它那非人类的、冷漠的冲动构成了直接的危险。从不停息，永远饥渴，而当这些形象将权力与欺骗、爱与死亡结合在一起时，也充满了诱惑、神秘和戏剧性。

这些吞噬一切的特质可以在麦康伯太太这样的女性角色身上看到：她们杀掉伴侣，而不是把他们视作完全独立的支配者。海明威在《乞力马扎罗的雪》中将妻子的角色描写成"善良的看护人，他的天赋的摧毁者"。黑人男性照护者们会把毁灭和厄运诉诸语言、否认并驳斥男子气概、引入并代表着敌对的一方，但非洲主义编码使他们受制于照护的功能。女性照护者们——那些以照护为主要职责的妻子和爱人——则得以彻底地发泄出来，完成这些毁灭性的举措。她们是掠食者，是鲨鱼，是把护士和鲨鱼的特征结合起来的违反自然法则的女人。我们可以回到《有钱人和没钱人》中看看这种组合。

在一个激情四射的性爱场景中，当哈里的残臂也参与其中的时候，玛丽问她的丈夫：

"听着，你跟黑妞儿干过这事儿吗？"

"当然干过。"

"那像什么？"

"像护士鲨。①"

　　这一不同寻常的评价被海明威保留下来，专门用于玩味如何描述一个黑人女性。此处给人留下强烈印象的是，黑人女性被认为是一种与人类最不相像的生物，她们甚至被比作鱼类而不是哺乳动物。这一形象唤起了一种掠食性的、贪婪的情欲，并标志着女性气质、扶持、照护、滋养的对立面。简而言之，哈里的话指向了一种如此残酷、异常，在外形上如此陌生的事物，它甚至不属于自己的物种，也无法用语言——无论是隐喻或转喻——将它与正在跟哈里说话的女人——他的妻子玛丽——联系起来。他对玛丽所表现出的善意显而易见。他对黑人女性性爱的比喻给了她安慰，对此她得体地表达感谢。她笑着回应他的好意："你真逗。"

　　如果把海明威的想法等同于他笔下的人物，这是不负责任也不合理的。将黑人女性比作护士鲨的是哈里，而不是海明威。我们不应该将一个虚构人物的所作所为归因于作者本人，尽管他的确对他们的行为负有责任。还没有任何证据能让我相信海明威和

---

① 原文为 nurse shark，铰口鲨的俗称。

哈里持有同样的观点。事实上，有强有力的证据表明，情况可能恰恰相反。

在《伊甸园》中，叙述者兼主人公戴维·伯恩的妻子凯瑟琳整天都在把自己的皮肤晒黑，而她想要晒黑的原因也显然比美容更复杂。在小说开头，戴维就询问了她对自己的身体美学——在戴维和我们这些读者看来——如此痴迷的原因：

> "为什么你要晒得特黑？"
>
> "我说不上。为什么一个人会有什么要求呢？眼前这是我最最想做到的事儿。我是说，我们还没做到。难道我晒得特黑不叫你兴奋吗？"
>
> "嗯嗯。我喜欢。"
>
> "你可曾想过我有朝一日能晒得这样黑？"
>
> "没有，因为你是白皮肤。"
>
> "我能，因为我的肤色像狮子的，这种皮肤能给晒黑。可是我要我身上的每处地方都黑，现在正在变成这个样子，而你会变得比印度人更加黑，这一来使我们跟别人更加不同了。你明白为什么这至关重要了吧。"*①

---

* 欧内斯特·海明威.伊甸园.纽约：查尔斯·史克利布纳尔之子出版社，1986：30, 177–178, 64, 29. Ernest Hemingway, *The Garden of Eden* (New York：Charles Scribner's Sons, 1986), p. 30; subsequent quotations are from pp. 177–178, 64, 29.
① 此处及下文中的引文皆出自上海译文出版社2013年版的《伊甸园》（吴劳译本）。在原译文的基础上有所改动。

凯瑟琳很清楚黑皮肤与陌生、禁忌之间的关联，也明白黑皮肤是一个人可以"拥有"或挪用的东西；她告诉戴维，这是他们所缺失的东西。在这里，白皮肤是一种缺陷。她知道获得深色皮肤可以将他们自己"他者化"，并在两人之间创造出一种不可言喻的纽带——他们将在陌生化的过程中合为一体。当这种缺失被克服之后，黑皮肤将会成为一种宣示。这样做的效果也会因为凯瑟琳对金发的痴迷而更为显著。这两种改变身体色调的做法——晒黑和漂白——都是凯瑟琳强行刻在戴维身体和心灵上的符号，以进一步强调他们孪生兄妹般的相似性，而这能让他们更加兴奋。

　　这对夫妻不满足于兄妹的关系；他们需要利用如同冲印底片一般的肤色编码，着重强调一种类似双胞胎的身份。（在《拳击家》中，黑人巴格斯也告诉了尼克一个有关兄妹乱伦所引发的激情的故事，来解释阿德为什么会发疯：阿德的婚姻之所以破裂，是因为有谣言称他的妻子是他的妹妹。）

　　这类故事在《伊甸园》中晒黑了的夫妻身上得到了重演，它指明并强调了其中的禁忌性。这种有违常理的情欲，因其在深肤色与欲望、深肤色与非理性、深肤色与邪恶的快感之间产生的联想而不断被强化。海明威用"魔鬼的把戏""夜里干的事"来描述戴维和凯瑟琳的性欲，而"魔鬼"也成了凯瑟琳的昵称。"就看看我吧，"她在他们两人都漂白并剪短了头发之后说，"你就是这副模样……而我们现在注定得这样了。我早就是这样了，你现在也是了。瞧我，看看你喜欢到什么程度。"

关于兄妹乱伦和跨性别的意象显而易见，它们占据了大部分已发表的有关这部小说的评论文章的关注点。没有得到关注的，是上演这出戏码的非洲主义场域。玛丽在刚刚遇到的黑人性欲望的幽灵的迫使之下，赶赴美容院的浪漫之约，和这一情节相呼应的是，凯瑟琳说服自己，她虽然需要定期漂白头发，但她不再需要把皮肤晒黑。"我不是晒出来的，"她说。"那就是我。我确实有这么黑。阳光不过使它显现出来罢了。"

凯瑟琳既是黑人又是白人，既是男性又是女性，她在玛丽塔——一位具有奉献精神和正常的照护功能的"真正的"护士——出现后，就陷入了疯狂。值得注意的是，玛丽塔的皮肤天生黝黑，肤色像爪哇人，她是凯瑟琳作为疗伤用的药膏送给戴维的女人。哈里送给玛丽的具有象征性的礼物在这里得到了分析和重构：鲨鱼凯瑟琳出于善意送给戴维一位深色皮肤的护士。凯瑟琳把自己具有照护作用的功能器官——她的乳房——称为"天赋的资产"。①而属于她的既新颖又强大的东西，是她那一头漂白了的男式短发。海明威把这一变化称作"暗黑魔法"。

"等我们到了非洲，我也要做你的非洲姑娘。"凯瑟琳告诉戴维。虽然我们不确定这对她来说究竟意味着什么，但我们知道

---

① 原文中的 nursing（照护）一词也有哺乳的意思。

非洲对他来说意味着什么。确定无疑的是，非洲是一个他可以在其中坚持自我的、空无一物的场所，一个未经开发的虚空，准备着、等待着为他的艺术想象、他的工作和他的小说献身。

《伊甸园》的核心是"伊甸园"：戴维正在创作的有关他的非洲冒险的故事。这是一个充满了男性情谊、关于父子关系的故事，甚至连他们所追踪的大象也忠诚于它的雄性同伴。这个虚构的、非洲化了的伊甸园被一个更大的凯瑟琳－戴维式的非洲主义伊甸园所包围，并被在其中发生的事情所污染。里层的故事讲述了一个无辜的、白人控制下的非洲；而表层的故事则指向了邪恶、混乱、不可理喻的非洲主义。

凯瑟琳鄙视并最终摧毁了里层故事。她觉得它无聊，无关紧要。戴维应该写写她。小说让读者对她自私的自恋情结既理解又反感。但实际上她是对的。至少海明威认为她是对的，因为我们所读到的故事与他所写出来的故事就是关于她的。戴维奋力写作（并在真正的黑皮肤护士玛丽塔接手照料他后，终于写出来）的非洲故事是一个古老而熟悉的神话——沦陷之前和沦陷之后的伊甸园一般的非洲就像在《乞力马扎罗的雪》里面一样，人们去那儿是为了"去掉心灵中的脂肪"。

这个被凯瑟琳烧掉的故事价值在于，它是一个珍贵的、在白人统治之下充斥着杀戮的男性飞地，其中的非洲奴仆分享了戴维的"内疚和知识"。但那层包裹着它的、晒黑了的非洲主义叙事为一种被唯美化的"黑人性"和一种被神话化的"黑人性"提供了详尽的评论。二者都是虚幻的，都来自欲望和需求的领地，都被作者可以任意支配的非洲主义话语所成就。

最后，我想说的是，这些思考与某个特定的作者对待种族的态度无关。那是另一回事。在我看来，对美国非洲主义的研究应该是对非白人的、非洲主义式的存在和角色是如何在美国被建构、被发明，以及这种虚构的存在是如何在文学中发挥作用的研究。我绝不是指对那些可能被称为种族主义或非种族主义的文学文本的探究，我不会基于作者的态度或其呈现某个群体的方式来判断作品的质量，也不鼓励这样的立场。这样的判断当然可以存在，也会不断产生。最近有关埃兹拉·庞德[1]、塞利纳[2]、T. S. 艾略特和保罗·德曼[3]的批判性研究就是这样的例子。但这些关注点并非此次习作的目的（尽管它们也在涉及范围之内）。我试图将批判视野从种族客体转向种族主体；从被描述与被想象者，转向描述者和想象者；从服务者，转向被服务者。

将美国白人男性写得如此鲜活的海明威，也免不了在自己所创造的美国小说世界中融入非洲主义元素。但如果对美国小说的批评继续辜负这些文本，将其中的复杂性、力量和启示禁锢在那

---

① Ezra Pound（1885—1972），美国诗人、文学评论家，意象派诗歌运动的重要代表人物。

② Louis-Ferdinand Céline（1894—1961），法国作家，代表作《茫茫黑夜漫游》。

③ Paul de Man（1919—1983），比利时解构主义文学批评家、文学理论家。

紧实而反光的表面之下，这将是多么遗憾。当批评过于礼貌或胆怯，而没有注意到眼前席卷而来的黑暗，我们所有人——包括读者和作家——都将失去很多。

他者的起源 [1]

---

①《他者的起源》（*The Origin of Others*）由托妮·莫里森于 2016 年在哈佛大学"查尔斯·艾略特·诺顿讲座"上发表的系列演讲编撰、扩充而成。

序

塔－内西·科茨 [①]

　　二〇一六年春，托妮·莫里森在哈佛大学发表了一系列关于"归属的文学"的讲座。考虑到莫里森所有知名作品的特质，她把目光转向种族这个话题毫不意外。莫里森的讲座举行得正是时候。当时，巴拉克·奥巴马正进入他两届总统任期的最后一年。他的支持率在上升。"黑命攸关"抗议运动把警察暴力问题推到了美国舆论的最前线。与大部分"种族议题"不同的是，这场运动取得了成效。奥巴马任命的两位黑人司法部长——埃里克·霍尔德和洛蕾塔·林奇——对全国各地的警察局展开了调查。来自弗格森 [②]、芝加哥和巴尔的摩等地的报告证实了在那些一直被视作

---

① Ta-Nehisi Coates（1975—　　），非裔美国作家、记者，于 2015 年获得麦克阿瑟"天才"奖。代表作有《美丽的抗争》《世界与我之间》。
② Ferguson，位于美国密苏里州的一个城市，2014 年引发美国社会关注的警察枪杀黑人青年迈克尔·布朗一案就发生于此。

孤例的逸闻背后，的确存在着某种系统性的种族主义。人们期待这种强势的作风能在美国首位女总统希拉里·克林顿的任期内得到延续。莫里森的系列讲座开始时，希拉里远比她的对手——一个全世界公认在政界无足轻重的男人——更受青睐。一切都表明这个国家有意对历史法则发起挑战；它终于要沿着漫长的弧线，走向道德宇宙的正义终点。

接着，这条弧线变得更加漫长。

人们对唐纳德·特朗普当选的第一反应，是试图弱化这一结果与美国种族主义之间的关系。一种甚嚣尘上的论调宣称，二〇一六年的大选是由那些被新经济抛弃的人煽动起来的一场针对华尔街的民粹主义起义。他们说希拉里因强调"身份政治"而注定落败。但这些论调往往埋藏着自我否定的种子。没人能解释为什么那些最常被新经济抛弃的人，即那些黑色和棕色皮肤的工人，从未在特朗普的竞选联盟中找到自己的一席之地。再者，一些批评希拉里利用"身份政治"的人，他们自己也毫不犹豫地对这一手段加以利用。参议员伯尼·桑德斯——希拉里的主要对手——上周还在以白人工人阶级的出身为傲，下周就敦促民主党"超越"身份政治。看来，并不是所有的身份政治都生而平等。

莫里森的新书《他者的起源》根据她在哈佛大学发表的系列讲座编撰而成，与特朗普上台没有直接关系。但阅读她有关身份归属，有关谁能得到、谁得不到这个社会的庇护的思考，我们无法不联想到当下的现实。这本书探索了美国史这一领域，并由此点出了美国历史上最为古老也最为强大的一种身份政治——种族主义。这是一部关于如何构建异类、立起藩篱的作品。通过文学批评、历史和回忆录，它试图解释我们如何、为何会把这种藩篱与肤色联系在一起。

莫里森的书延续了上个世纪以来出版的一些著作的思想脉络。这些著作有力地论证了白人种族主义的不可抹除性。在莫里森的同路人中，斯文·贝克特[1]和爱德华·巴普蒂斯特[2]揭露了这一种族主义背后的暴力与从这种暴力中攫取的利益；詹姆斯·麦克弗森[3]和埃里克·方纳[4]指出了这一种族主义是如何催生了内战，又是如何损害了国家重建过程；贝丽尔·萨特[5]和艾拉·卡茨尼尔森[6]对种族主义如何侵蚀罗斯福新政做出了解读；还有卡里尔·纪伯伦·穆罕默德[7]和布鲁斯·韦斯滕[8]，他们揭示了种族主义

---

① Sven Beckert (1965—   )，美国历史学家，著有《棉花帝国：一部资本主义全球史》。

② Edward Baptist (1970—   )，美国学者、作家，著有《被掩盖的原罪：奴隶制与美国资本主义的崛起》。

③ James McPherson (1936—   )，美国历史学家，著有多部研究美国内战的专著。

④ Eric Foner (1943—   )，美国历史学家，著有《重建：美利坚未完成的革命1863–1877》。

⑤ Beryl Satter (1959—   )，美国历史学家，著有《家庭财产：种族、房地产与对美国城市黑人的剥削》。

⑥ Ira Katznelson (1944—   )，美国政治科学家、历史学家，著有多部关于美国政治与经济体制、种族问题的专著，其中包括《恐惧本身：罗斯福新政与当今世界格局的起源》。

⑦ Khalil Gibran Muhammad (1972—   )，美国学者，著有《谴责黑人，种族、犯罪与现代美国城市的形成》。

⑧ Bruce Western (1964—   )，美国社会学家，著有《美国的刑罚与布偶明灯》。

是如何为当代大规模监禁铺平了道路。

但与莫里森的理念最为契合的，或许是芭芭拉·菲尔兹[1] 和凯伦·菲尔兹[2] 合著的《种族之术》[3]。其中，作者认为美国人试图用种族这一静止的概念，抹除种族主义动态的罪行。当我们使用"种族"而非"种族主义"的时候，我们在将这种观念具体化：种族是自然界的特征之一，而种族主义则是其意料之中的产物。虽然已有大量的学术著作论证了这种表述是本末倒置的，种族主义实际上先于种族产生，但美国人还没有完全搞明白这一点。所以我们会发现，我们谈论"种族隔离""种族鸿沟"[4]"种族分歧""种族定性"[5]或是"种族多元化"等现象时所表现出的态度，仿佛这些概念的起源与我们自身的所作所为无关。这种想法的后果不容小觑。如果"种族"的来源是基因、上帝或二者兼有，那么我们就可以原谅那个从未将这一问题解决的自己。

莫里森的探索立足于一个不太舒适的出发点——她认为种族与基因的关系不大。她由此来帮助我们理解为何一个看起来如此站不住脚的概念能对数百万人产生如此强烈的影响。莫里森认

---

① Barbara Fields (1947—)，美国历史学家。
② Karen Fields (1945—)，美国社会学家、独立学者。
③《种族之术：美国不平等的根源》（*Racecraft: The Soul of Inequality in American Life*），2012 年由美国出版社 Verso 出版。
④ 原文为 racial chasm，指美国各州不同种族的人口数量差距造成选举结果的决定性不同这一现象。
⑤ 原文为 racial profiling，指执法人员在执法过程中以种族、肤色、族裔、国籍等身份标签为依据开展调查或确定嫌疑人。

为，其关键在于施害者在实施不人道行为的同时需要确认他们自己的人性。她查阅了种植园主托马斯·西索伍德①的档案，他在日记中以记述剪羊毛般的轻快口吻，记录了自己是如何对女奴实施连环强奸。"在他频繁的性事之间还穿插记录着农务、杂务、访客、疾病等事项"，莫里森告诉了我们这个令人不寒而栗的事实。西索伍德究竟做了怎样的心理建设，才让自己可以对强奸如此麻木？答案是"他者化"的心理建设——即让自己相信，在奴役者和被奴役者之间存在着某种自然而神圣的分界。在分析了被奴役的玛丽·普林斯②是如何遭受女主人的毒打之后，莫里森写道：

> 让奴隶变成异类似乎是一种绝望的尝试，以确认自身才是正常的一方。区分谁为人、谁为非人的紧迫性是如此之大，以至于聚光灯从受辱的客体转向这种屈辱的创造者。即使假设奴隶的叙述有夸张的成分，奴隶主的情感也是哥特式的。这就像他们在喊："我不是野兽！我不是野兽！我通过折磨无助的人来证明我不是弱者。"同情外来者的危险在于自己有可能也变成外来者。失去自己的种族地位就等于失去

① Thomas Thistlewood（1721—1786），殖民地牙买加的英国种植园主。他在日记中详细叙述了他对奴隶的残酷对待，其日记也因此成为研究18世纪牙买加及其奴隶制历史的重要文献。
② Mary Prince（约1788—1833以后，尚无准确生卒年），英国废奴主义者、自传作家，出生于百慕大一个非裔奴隶家庭。她的自传《玛丽·普林斯的历史》是在英国出版的第一部讲述黑人妇女生活境况的作品，对废奴运动产生了很大的促进作用。

自己重要而神圣的特殊性。

　　莫里森此处指的是奴役他人之人和被奴役之人，但她关于等级的想法放在今天仍然适用。过去几年间，我们目睹了一系列曝光美国警察殴打、电击、枪杀黑人或让他们窒息的视频，但这些黑人受害者仅轻微地触犯了法律，或者根本没有违法。非裔以及许多其他族裔的美国人都为此感到震惊。然而，事实证明，人们已经习惯于为这些行为辩护。警员达伦·威尔逊在报告里说，在他杀死迈克尔·布朗的那一刻，布朗似乎"变得巨大，正迎着子弹冲过来"。 这种说法把布朗描述得比普通人更可怕，但本质上也比普通人更低等。威尔逊把布朗的尸体留在仲夏的混凝土上烘烤，这让这场杀戮变得更不人道。他们把布朗描绘成某种怪物，从而将这场谋杀合理化，也让一群——根据司法部报告的描述——和黑帮无异的警察认为自己的行为是正当的，认为他们自己所为完全合乎人性。

　　带有种族主义色彩的去人性化手段不仅具有象征性，它还标明了权力的边界。历史学家内尔·潘特① 曾写道："种族是一种观念，而非一个事实。"在美国，这一种族观部分体现在一个白人不会像迈克尔·布朗、沃尔特·斯科特或埃里克·加纳那样轻易地

---

① Nell Painter (1942—　)，美国历史学家，著有多部关于 19 世纪美国南方历史的专著。

死去。① 而死亡不过是作为"他者"生存、活在伟大"归属"的边界之外的极端案例。将选民推向特朗普怀抱的那种所谓的"经济焦虑"对大多数黑人来说已是对现状的重大改善。在共和党初选中，特朗普选民的家庭收入中位数大约是美国普通黑人家庭收入中位数的两倍。目前，人们对主要（尽管不是完全）由白人造成的阿片类药物滥用危机② 的同情声浪，与他们对二十世纪八十年代快客可卡因危机③ 的谴责截然不同。当前社会对部分白人男性死亡率上升的急切关注，与人们对美国黑人一直居高不下的死亡率所表现出的无可奈何的冷漠态度也很不一样。

种族主义很要命。在这个国家成为一个"他者"很要命——一个令人沮丧的事实是，这种情况很可能会持续下去。人类群体很少会出于纯粹的利他主义而让渡特权。因此，能让白人种族主义者放弃他们信仰的世界，只能是一个让种族特权成为他们负担不起的奢侈品的世界。我们在美国历史上见证过这样的时刻。一

---

① 2014 年，18 岁的美国黑人男性迈克尔·布朗在与当地警察产生分歧时，在手无寸铁的情况下被射杀。2015 年，黑人男性沃尔特·斯科特因刹车灯问题被警察截停后逃离现场，被警察从背后开枪射杀。2014 年，黑人男性埃里克·加纳被警方怀疑非法销售香烟，并因警察采用非法的"锁喉"擒拿而窒息身亡。
② 阿片类药物即罂粟提取物，多具有镇痛作用，但长期、过量服用会产生药物依赖、成瘾甚至死亡的风险。20 世纪 90 年代末，美国制药公司向医学界保证其生产的阿片类止痛药不具有成瘾性，因而造成了阿片类处方药的广泛滥用。直到 2017 年，美国时任总统唐纳德·特朗普宣布美国进入全国公共卫生紧急状态，以应对全国性的阿片类药物泛滥问题。
③ 快客可卡因又称霹雳可卡因，是可卡因的游离碱形式，因制备时会发出爆裂声而得名。20 世纪 80 年代至 90 年代初，快客可卡因在美国各大城市的使用量激增，这直接或间接地导致了犯罪与暴力等诸多较为恶劣的社会事件。

场旷日持久的内战，让白人允许黑人与他们并肩作战、一同赴死。与苏联的冷战，使美国南方的种族隔离制度成为全球皆知的丑闻，并成为苏联政治宣传的妙策。小布什 [①] 上台，美国陷入阿富汗和伊拉克两场战争的泥潭，经济状况直线下降，以及联邦政府应对卡特里娜飓风 [②] 的严重过失，为第一位黑人总统的到来铺平了道路。每个事件都给人以希望，让人们以为这个国家在某种程度上战胜了历史。然而每一次，希望最终都破灭了。

为了理解我们为什么会再次回到这里，我们有幸拥有托妮·莫里森——这个国家有史以来最好的作家和思想家之一，她的作品根植于历史，并将美的本质从它的一些最怪诞的表现形式中提取出来。但这种美并不是幻想，她也因此毫不意外地跻身于那些深知历史仍掌控着我们所有人的智者之列。《他者的起源》阐述了这种洞见。即使有读者认为这本书没有指明一条让我们可以立即逃离过去掌控的出路，但它至少能极大限度地帮助我们理解这种掌控是如何达成的。

---

① George Walker Bush (1946—　)，美国政治家，曾于 2001 年至 2009 年间担任第 43 任美国总统。
② 2005 年 8 月登陆美国的一场 5 级飓风，最终在路易斯安那州新奥尔良市造成了严重破坏。同年 9 月，新奥尔良市出现了大规模无政府状态的暴乱，发生了多次严重的抢劫与暴力事件。

第一章　浪漫化奴隶制

听说她要来的时候，我和姐姐还在地板上玩耍，所以那一定是一九三二或者一九三三年。来的是我们的曾祖母，米里森·麦克提尔。这位常被人提到的传奇人物会定期拜访附近地区的所有亲戚。她住在密歇根，是一名广受欢迎的助产士。大家期待她来俄亥俄州很久了，因为毫无疑问，她是我们家最具智慧与威严的大家长。这种威严体现在当她走进房间的时候，我从未见过的事情发生了：无须提醒，房间里的所有男士都起立致意。

在把其他亲戚都拜访一遍之后，她终于走进了我们家的客厅。她身材高大，腰板直挺，挂着一根她显然并不需要的拐杖，和我的母亲打招呼。然后，她盯着正坐在地板上玩耍的我和姐姐，皱起眉头，用拐杖指着我们说："这两个孩子被搅和①了。"母亲（极力）否认，但伤害已经造成。曾祖母像焦油一样黑，而

---

① 原文为 tampered with。

母亲非常清楚她是什么意思：我们，她的孩子们，还有我们的直系亲属，都被玷污了，不纯洁了。

大概由于我小时候异常高傲，过于以自我为中心，所以当我如此年幼便领悟到（或者说在还不明白是怎么一回事的时候被教导）"他者"意味着劣等时，我并未受到触动。"被搅和"乍听起来有点新奇，像是什么令人向往的好事。当我的母亲公然反对起她自己的祖母时，我才明白了即便这个词不完全指异类，也意味着低人一等。

在关于文化、种族与生理差异指涉"他者性"的描述中，很难找到与价值或等级划分完全无关的论述。即便不是绝大多数，也有不少文本或文学在描述种族时，采用了一些狡猾、隐秘，甚至已经得到伪科学"证实"的方式。而它们都有正当的理由和准确的事实依据来维系自身的权威性。我们了解自然界的生存法则：猎物通过做出牺牲或分散捕猎者的注意力来保护巢穴，而那些捕猎者则会对猎物进行围捕或独自追击。

但人类作为高级物种，有着一段超越动物及史前人类的漫长历史。我们倾向于把不属于自己族群的人区隔开来，并将其认定为敌人，或是认为他们是需要被控制的弱者或有缺陷的人。种族一直行使着人类差异的仲裁权，它与财富、阶级和性别一样，都与权力和我们控制事物的需求息息相关。

我们只需阅读南方医生兼奴隶主萨缪尔·卡特莱特[1]的优生

---

[1] Samuel A. Cartwright（1793—1863），美国医生，南北战争前在密西西比州和路易斯安那州行医。

学研究，便能明白除了政治之外，科学能把控制"他者"的需要记录得多么详尽。

"根据无法改变的生理学定律，"他在一八五一年《有关黑人疾病及生理特征的报告》中写道，"一般来说（很少有例外），黑人只有在白人的强权下，智力才能被充分唤醒，以接受道德教育，受益于宗教或其他教导……由于他们天性懒惰，除非强行刺激，否则他们会在瞌睡的状态下度过一生，他们的肺因缺乏锻炼只能扩展至其最大气体容积的一半……循环至脑部的黑人血液让他们的头脑受制于无知、迷信与野蛮，闩住了他们通往人类文明、道德文化与宗教真理的大门。"卡特莱特医生提出了两种疾病，他称第一种为"漂泊症①，即一种导致奴隶逃跑的疾病"。第二种为"懈怠症②——这是一种精神倦怠，让黑人"像一个半睡半醒的人一样"（奴隶主通常称其为"耍无赖"）。人们可能会纳闷，如果奴隶所带来的负担与威胁如此之大，他们为何还会被这般狂热地买卖。最后，我们终于得知了他们的作用："（强制性的）锻炼对黑人极为有益，被应用于耕种……棉花、糖、大米与烟草。没有他们的劳动，这些农作物将无法培植，其产物也不会被全世界所享用。黑人和他的主人都能从中获益——两全其美。"

这些观点不是随随便便提出来的，它们刊载于《新奥尔良医学与外科期刊》。文章的重点在于指出黑人是有用的，不太像牲

① 原文为 drapetomania。
② 原文为 dysaesthesia aethiopica。

148

口，却也不似一般人类。

几乎地球上的所有族群，无论是否拥有权力，都使用过类似的评言，通过建构一个他者来推行他们自己的信仰。

科学种族主义的一个目的是通过认定一个外来者来定义自己。而另一种可能的目的则是在保持（甚至是享受）自己的差异时，无须鄙夷被他者化的族群的分类差异。显而易见，无论对获得自我定义的手段是谴责还是支持，文学在揭示和思索自我定义方面别具启发。

一个人是如何成为一个种族主义者或性别歧视者的？既然没有人天生就是种族主义者，性别歧视也并非与生俱来，那么人只能通过效仿——而非言传——习得他者化的手段。

或许卖家和被贩卖者都清楚地知道，奴隶制利润丰厚但并不人道。奴隶贩子当然不愿被奴役；被贩卖的人则常常宁死也不愿成为奴隶。那么这种制度如何得以延续？让各国甘愿采纳堕落的奴隶制的一种方法是诉诸蛮力，另一种方法则是将奴隶制浪漫化。

一七五〇年，一个来自英国上流社会的年轻人出发前往牙买加，他是一个在长子继承制下可能无法继承财产的次子。他先是成了种植园监工，后来又成了奴隶主，拥有了自己的蔗糖种植园。他叫托马斯·西索伍德，学者道格拉斯·霍尔[1]对他的生平事迹和思想做了细致的记录和研究，并作为华威大学加勒比研究

---

[1] Douglas Hall（1920—1999），牙买加历史学家。

丛书中的一册，由麦克米伦出版公司出版，后被西印度群岛大学出版社重印。题为《在奴隶制的不幸之中》的这一卷出版于一九八七年，里面包含了西索伍德的记述与道格拉斯·霍尔的评论。西索伍德与塞缪尔·佩皮斯[①]一样，他的日记极为详尽，但其中只有事实记载，没有他的个人见解或者一贯的价值判断。他记下了他感兴趣或他认为值得记录的事件、人际关系、天气、谈判、价格、损失等等，但并不打算出版或分享他记录的信息。读了他的日记后便会发现，他和他的大部分同胞一样投身于现实之中。他对奴隶制是否道德与他自己在其中所扮演的角色没有丝毫兴趣。他不过是生活在他所认识的世界中，并把它记录了下来。恰恰因为他不进行道德判断——这种情况并不罕见——我们才能看清楚奴隶制是如何被接受的。在其事无巨细的笔记中，西索伍德记录了他在种植园里的性生活的细节（这与他年轻时在英国的风流韵事并没有什么不同）。

他记录了这些情事的发生时间、满意程度、发生频率，但尤其是它们发生的地点。除了明确的快感之外，他还记录了自己掌控一切的轻松与舒适。不需要诱惑，甚至不需要交谈，它们只不过是在蔗糖价格或者一次关于面粉的成功谈判等条目之间的一项简要记录。与商业记事不同，他的性爱档案是用拉丁语写的：

[①] Samuel Pepys（1633—1703），英国作家、政治学家。其代表作《佩皮斯日记》写于 1660 年到 1669 年间，内容丰富翔实，被认为是研究 17 世纪英国社会现实和重大历史事件的关键文献之一。

*Sup. Lect.*① 的意思是"在床上"，*Sup. Terr.*② 的意思是"在地上"，*In Silva* 的意思是"在树林里"，*In Mag. Dom.* 和 *In Parv. Dom.*③ 的意思分别是"在大房间"和"在小房间"；当他没有得到满足时，写的则是 *Sed non bene*④。当代人称之为强奸的行为，在当时被称作 *droit du seigneur*⑤。在他频繁的性事之间还穿插记录着农务、杂务、访客、疾病等事项。

一七五一年九月十日的一项记录写道："早上十点半左右，与芙罗拉，刚果人，在地上，甘蔗林间，墙头之上，河的右侧，黑人区的方向。她来找西洋菜。给了她四块钱。"第二天凌晨，他写道："凌晨两点左右，与黑人女孩，在地板上，北面床脚，东客厅，'未知'。"一七六〇年六月二日的部分内容如下："完成工作，搭了木箍，挖走池塘里的泥，下午某时，与小敏柏，在我的床上。"⑥

与之有所不同但同样具有揭示意义的是那些将奴隶制浪漫化的文学尝试，它们通过把奴隶制人性化，甚至对其加以珍视，从而使之变得可以接受，甚至有所可取之处。最终，无论是温和或者蛮横的控制，可能都不再必要。不是吗？斯托夫人⑦告诉她的

---

① 拉丁语缩写，全拼为 *Super Lectum*。

② 拉丁语缩写，全拼为 *Super Terram*。

③ 拉丁语缩写，全拼为 *In Magna Domo* 和 *In Parva Domo*。

④ 拉丁语，意为"但并不舒适"。

⑤ 拉丁语，意为"主人的权利"。

⑥ 本段中的仿宋字体均对应原文中的拉丁语。

⑦ Harriet Beecher Stowe（1811—1896），美国作家，其代表作《汤姆叔叔的小屋》激励了一代人的"废奴运动"，也成为美国南北战争的导火索之一。

（白人）读者：没事的，奴隶们可以控制自己；别害怕，黑人只是想服侍你们。她暗示奴隶的本能是善良的，这种本能只有在遭遇西蒙·勒格里①这样恶毒的白人（注意他是北方人）恐吓和虐待时才会被扰乱。她还暗示，白人可能产生的、会助长奴隶暴行的恐惧与蔑视是不必要的。几乎不必要。几乎。然而，在《汤姆叔叔的小屋》中也有斯托夫人本人恐惧黑人的迹象，以及她用文学编造的保护伞。又或许，她仅仅是对读者的担忧有些敏感。举个例子，如何在十九世纪让进入"黑人空间"这一行为显得安全？只是简简单单地敲门进去吗？如果没带武器，你还会考虑进去吗？即使是像乔治少爷这样单纯的小男孩，在准备拜访汤姆叔叔和克洛伊大婶的时候，他仍然需要亲切得夸张的欢迎与安全的信号。汤姆的居所是一间简陋的小屋，就在主人的房子旁边。但对于斯托夫人来说，白人男孩需要有明显的安全通行标志才能进入。因此，她把小屋的入口描述得如此富有吸引力：

> 小屋前有一块整齐的园地，在精心侍弄下，每逢夏天，草莓、覆盆子、各种水果和蔬菜长得十分茂盛。小屋的整个正面被一大棵鲜红色的比格诺藤和一株本地野蔷薇所覆盖，枝叶蔓生，缠绕交错，把小屋粗糙的原木遮得严严实实。每年夏天，这里还有各种一年生的鲜艳的花草——像金盏花、

---

① Simon Legree，《汤姆叔叔的小屋》中一位来自美国北部的奴隶主，生性残暴、贪婪，是小说的主要反派角色。

矮牵牛、紫茉莉——在花园一角竞相怒放……①

斯托夫人费尽心思描绘的自然之美既高雅又热情，极具吸引力，却也过于夸张。

到了小木屋里，克洛伊大婶一边做饭一边照看所有人。他们闲聊了一会儿，说了好些恭维的话；随后，大家坐下来吃饭。除了摩西和彼得这两个孩子。他们在桌子底下的地板上吃饭，争抢着一块又一块扔给他们的食物：

> 于是乔治和汤姆坐在壁炉边舒适的椅子里，克洛伊大婶烤了一大堆馅饼之后，把最小的孩子放在膝上，开始一边自己吃一边喂小家伙，同时还分给摩西和彼得吃。而他们俩似乎更愿意在桌子底下一边打滚一边吃，时而相互呵痒痒，有时又来拉拉小宝宝的脚指头。
>
> "哎呀！滚开点好不好？"母亲说，有时闹得实在太凶了，她便不时地漫无目标地往桌下踢一脚，"白人来看你们，你们不能规矩点吗？你们不要闹了好不好？当心点，不然乔治少爷走了以后我要杀杀你们的气焰！"

这个场景在我看来叹为观止：年轻的主人已经宣布自己吃饱

---

① 此处及下文中的引文皆出自译林出版社 2017 年版的《汤姆叔叔的小屋》（林玉鹏译本），在原译文的基础上有所改动。

了，而你—— 一位奴隶母亲——在给自己与怀里的婴儿喂食，你的"丈夫"也在吃饭，这时你竟然把食物扔在肮脏的地上让你的另外两个孩子抢着吃？我认为这个滑稽场景的作用在于取悦读者，并向他们保证这个环境里的一切都是安全的，甚至十分有趣，尤为友善，慷慨又恭顺。作者精心打造出这些段落，来安抚心怀恐惧的白人读者。

斯托夫人的《汤姆叔叔的小屋》并不是为汤姆、克洛伊大婶或任何一个黑人而写的。与她同时代的读者群体都是白人，是那些需要、想要或者能够享受奴隶制之"浪漫"的人。

对于西索伍德而言，强奸作为"主人的权利"是一种事关所有权的浪漫。对于斯托夫人来说，奴隶制则在性与爱的意义上被净化与美化了。在伊娃和托普西的关系中，托普西——一个任性而又单纯的黑人孩子，被充满爱的白人孩子伊娃拯救和教化了。这段极度感性的关系成了奴隶制被浪漫化的另一个典型。

从根本意义上说，我必须好好感谢我的曾祖母。虽然她的本意并非帮忙——她没有任何能够治愈我们缺陷的解药，但她唤醒了我的一些疑问，对我的许多作品产生了影响。《最蓝的眼睛》是我对种族性的自我厌恶所带来的伤害的最初探索。之后，我在《天堂》中探讨了与之对立的概念，即种族优越感。我在《孩子的愤怒》中再次关注肤色歧视滋生的优越感及其欺骗性。我书写它的缺陷、傲慢和它自我毁灭的结局。我正在创作的小说探索的是一个种族主义者所受到的教育——一个人是如何从一个没有种族偏见的母体转移到种族主义的温床，成为一个或受喜爱或受鄙视的种族化存在？除了对基因的想象之外，种族究竟是什么，它为什么重要？在明确了它的特征之后（假设这是可行的），我想知道种族主义需要或鼓励哪些行为。种族是对物种的再分类，但人类就是同一种族，事实如此。那么，这些敌意、社会种族主义，还有他者化又究竟是什么？

他者化带来的满足、诱惑与（社交、心理或经济上的）权力的本质是什么？是归属感——归属于比自身更庞大、更强有力之物——带来的兴奋之感吗？最初，我倾向于认为"外来者"的存在是一种社会与心理上的需求：有了他者，人们才能定义游离的自我（渴望人群之人总是孤独的）。

最后，让我引用朱莉·A.歇弗[1]在《种族罗曼史》中对"归属"一词的精彩表述——关于从东欧与南欧（来美国）的大批移民是如何被构建为统一的国族[2]：

> 在两千三百万主要来自东欧与南欧的移民中，绝大多数是犹太人、天主教徒和东正教徒。他们在一八九〇至一九二〇年间到达美国，挑战了白人盎格鲁－撒克逊新教徒[3]的多

---

① Jolie A. Sheffer，美国英美文化研究学者。

② 原文为 nation，即一种区别于民族与种族、立足于国家政体的身份认同。

③ White Anglo-Saxon Protestant，简称 WASP，指信奉基督新教、母语为英语的盎格鲁－撒克逊白人。他们构成了美国中上阶层的绝大部分，其文化、习俗与价值取向在很大程度上影响着美国主流的发展方向。

数人口地位。用二十世纪初的话来说，"异族血统的注入"改变了美国的国族身份，但并没有从根本上挑战白人统治。这些来自欧洲的不同民族——至少在名义上——迅速成为了"白人"大多数的一部分。

研究这个问题的学术著作卷帙浩繁。这些来到美国的移民明白，如果他们想成为"真正"的美国人，他们必须割舍或至少极力淡化与母国的联系，从而更好地成为白人。对许多人来说，"美国性"的定义（不幸地）仍取决于肤色。

第二章　身为外来者，成为外来者

由于制造与维系一个"他者"的存在会产生诸多效益，我们需要明确这些效益是什么，以及拒斥这些效益会产生什么社会性与政治性的后果。

弗兰纳里·奥康纳[1] 在写作中展现了她对外来者、被驱逐者和他者诚实而深刻的见解。在广受评论家褒奖的喜剧背后，是对于建构外来者及其效益快速而准确的解读。她的短篇小说《人造黑鬼》[2] 就是关于如何避免成为外来者——永远的他者——的这种刻意教导的代表作。这个故事细致地描述了黑人为何以及如何在白人对人性的定义中变得如此重要。我们会看到，"黑鬼"[3] 这个词在这一过程中被不断使用，即使是在并不必要的时候，或者说

---

[1] Mary Flannery O'Connor（1925—1964），美国作家、文学评论家，代表作《好人难寻》《智血》。

[2] 原标题为 The Artificial Nigger，也译作《人造黑人》。下文中的引文皆出上海译文出版社 1986 年版的奥康纳短篇小说集《公园深处》（杨怡译本）。

[3] 原文为 nigger，在英语中是极具冒犯性的称呼。

尤其是在不必要的时候。这个称呼的使用方式是故事中年轻白人男孩所受教育的重要组成部分。我们能从对这个词持续的滥用中，看出黑人对于他的叔叔海德先生的自尊是多么重要。

奥康纳在故事的开头虚晃一枪，有意误导读者——她用来介绍海德先生的文字让人不禁把他和皇室贵族联系在一起：

> 海德先生一觉醒来，发现屋里充满了月光。他坐起来，目不转睛地看着银色的地板，然后又盯视着可能是用织锦缎做成的枕套上的条纹，一转瞬，他看到半个月亮出现在五英尺外的刮脸镜里，它停在那儿，好像在等待他允许它进屋。月儿向前推移，给每一件东西洒上一层神圣的光辉。靠墙的那把直靠背椅看起来挺直而专注，好像在等待命令似的，海德先生的裤子挂在椅背上，显出一种几乎是高贵的神气，像某个大人物刚扔给仆从的一件长袍……

大约一百五十个词之后，读者才意识到海德先生出身乡下。他的贫困、年纪、忧伤与他的梦境并不相称。读者也了解到如今他生命的意义在于教育他的侄子①纳尔逊，让他通晓塑造他者、识别外来者之道。在开往亚特兰大的火车上，他们看见一个显然家境殷实的黑人男性路过，海德先生迅速向男孩亮出他那种族主

---

① 原文如此，实际应为外孙。

义的利刃：

　　"那是什么人？"他问。

　　"一个男人呗。"男孩说着气愤地看了他一眼，似乎对这种看不起他的才智的问题感到很厌烦。

　　"什么样的男人？"海德先生坚持说，他的语调却不动声色。

　　"一个胖男人。"纳尔逊说……

　　"你不知道他是哪种人？"海德先生用一种决断的声调说。

　　"一个老人。"男孩说……

　　"那是个黑人。"海德先生说着坐回座位上……

　　"你说他们是黑色的，"他生气地说，"你从来没说过他们是棕色的……"

　　这一识别外来者的过程有一个可以预见的后果——对外来者的过度恐惧。

　　后来，当他们在城市的街道上迷路，进入了一个黑人社区，他们自然感到惊慌："黑脸上的黑眼睛从四面八方盯着他们俩。"当他们在绝望之中走到一个赤脚站在门廊上的黑人女性面前时，纳尔逊有了一种奇妙的感觉："突然，他想要她伸出手，把他抱起来，把他搂得紧紧的，接着他想要让自己的脸感觉到她的呼吸……在她把他越抱越紧的时候。他以前从未有过这样的感觉。"

这位女士好心而漠然地给他们指了路。很快，这场并不可怕的遭遇产生了后果：它造成了海德先生和纳尔逊之间的分歧、抛弃与背叛。如果没有种族优越感作为黏合剂，他们似乎没有宽恕彼此或重归于好的可能。而当他们终于进入一个白人社区，对于自己不属于这里并因此成为外来者的恐惧使他们错愕不安。只有在看到一个被他们认为是所有阶层白人共同的种族歧视对象——"人造黑鬼"——时，二人才终于平静下来，之前的危机也得以化解。他们站在这尊黑人骑手的雕像面前盯着它看，"好像他们面对着一件极其神秘的东西，一个为纪念另一个人的胜利而建立的纪念碑，这使他们俩因为共同的失败而走到了一起。他们俩都能感到它如同一个仁慈之举，解除了二人之间的隔阂"。

男孩的教育完成了：种族主义被成功且巧妙地植入了他的思想，他相信自己获得了尊重和地位。男孩产生了通过构建他者来实现权力的幻想。

我们应该将这种二十世纪对外来者的认识与早期由外来者自己书写或记录的叙事相对照，其中，他们详细地描述了他们对自己的认识。首先，研究"种族"本身可能是有价值的。种族的认同与排斥并不始于黑人，也不会终于黑人。从过去到现在，文化、生理特征与宗教始终是用来获取优势与权力的先导策略。我们只需回想"白种人"①一词的历史，它的盛行与衰落，便能明白

---

① 原文为 Caucasian。

这一点。

布鲁斯·鲍姆①在《白种人的崛起与衰落》中给出了详尽的解释。"从一九五二年起,"他写道,"'白种人'这一分类在有关种族的日常话语中保持着显著地位,尤其在美国。但该词和'种族'这一概念本身日渐受到人类学家和生物学家的质疑。""除去部分白人至上主义者的观点,"他继续写道,"如今人们普遍相信'雅利安人种'并不存在。在成为纳粹主义的中心之前,'雅利安人种'的神话是在十九世纪用各种素材拼凑而成的……相比之下,白种人的概念经历了流行与过时,随后又逐渐在人种学家之间与日常用语中开始流行。"鲍姆的其中一个结论是:"简而言之,种族是权力的结果。"

因此,当我们提及外来者、局外人和他者时,我们应该记住这种关系意味着什么。

无论是书面记载还是口头流传的奴隶叙事,都对理解他者化的过程至关重要。许多奴隶叙事的开头都描写了叙述者童年时期对原主人的爱与忠诚,和对自己被再次卖掉的深切悲哀。不管是奴隶还是奴隶主,孩童的纯真是奴隶叙事的经典桥段——它在戏剧、广告、艺术书籍、海报和报纸中不断地被理想化。直到进入青春期之后,他们才看到一个迥异的世界。在这个世界里,他们被奴役,成为受到唾弃与虐待的他者,这无比清楚地揭

---

① Bruce Baum,不列颠哥伦比亚大学政治学副教授,从事现当代政治理论研究。

示了奴隶主的本质——他们享受且维护这一所谓的特殊制度，并从中获益。

让我们看看为主人赚取利润的免费奴隶劳动力背后的人力成本吧。这是我从玛丽·普林斯的自传《玛丽·普林斯的历史：一位西印度奴隶》中摘录的示例。

普林斯回忆她在盐矿中的劳作，这样写道："他们给了我一个（用来装盐的）矮桶和一把铲子，从早上四点到九点，我都要站在没膝深的水里，之后我们可以吃点水煮玉米……我们在高温下劳作……烈日当头……盐让我们生出许多水泡……我们的脚和腿由于长时间浸泡在水里，很快就长满了可怕的疖子，有时甚至腐蚀至骨头……我们睡在一间长长的棚子里，棚子被分成几个狭小的隔间，就像牛棚一样。"她把从一个奴隶主手中到另一个奴隶主手中的过程形容为"从一个屠夫去另一个屠夫那儿……（第一个）打我的时候总是怒气冲天……（第二个）一般比较冷静。他会在一旁下令，让人用鞭子把奴隶往死里打……他自己则十分从容地抽着鼻烟走来走去"。

如果这还不算施虐成癖的精准范例，很难想象什么才是。

再来看看玛丽·普林斯自传中的这一段："有一天，一场狂风暴雨突然袭来，女主人让我去屋外的转角处清空一个大陶罐。那个陶罐中间原本已经有一道深深的裂缝，在我把它倒过来的时候，它在我的手中裂开了……我哭着跑去女主人那里。'夫人，罐子裂成两半了。''是你把它打破了，对吧？'她回应道……她脱掉我的衣服，用牛皮鞭狠狠地抽了我很久，直到她没有力气了才作罢。"

没有什么能挽回这场意外，没有什么能立刻让陶罐恢复原样，那为什么要急着打她？是为了教训她，还是纯粹享受鞭打的过程？玛丽·普林斯知道对待奴隶的方式使奴隶主堕落，哈丽叶特·雅各布斯①也知道。雅各布斯的自传《一位女奴的人生际遇》在普林斯自传出版三十年后面世，时值内战前夕。雅各布斯写道："我自身的经历和见闻足以证明，奴隶制对白人和黑人来说都是祸害。它让白人父亲变得残忍好色，让儿子变得暴戾放荡；它玷污了女儿，让妻子痛苦不堪。"

不管这些暴力事件多么令人厌恶，在我看来，比残酷的虐待更具启示性的问题是：这些人是谁？他们如此费尽心思地把奴隶定义为非人②、野蛮人，但更符合非人这一定义的，实际上是这些施罚者。在他们休息时，在他们感到疲惫时，在两顿鞭打之间——这种惩罚比起惩戒，更像是一种虐待。如果无休止的鞭打使人疲惫，必须多休息几次才能继续，那么对于受罚者来说，这样持续不断的鞭打又有什么好处呢？他们所承受的极度痛苦似乎只是为了取悦那些手握鞭子的人罢了。

让奴隶变成异类似乎是一种绝望的尝试，以确认自身才是

---

①Harriet Jacobs（1813 或 1815—1897）非裔美国作家。她的自传《一位女奴的人生际遇》于 1861 年以琳达·布伦特（Linda Brent）的笔名出版。
②原文为 inhuman。

正常的一方。区分谁为人、谁为非人的紧迫性是如此之大，以至于聚光灯从受辱的客体转向这种屈辱的创造者。即使假设奴隶的叙述有夸张的成分，奴隶主的情感也是哥特式的。这就像他们在喊："我不是野兽！我不是野兽！我通过折磨无助的人来证明我不是弱者。"同情外来者的危险在于自己有可能也变成外来者。失去自己的种族地位就等于失去自己重要而神圣的特殊性。

我几乎在写过的每一本书中都尝试呈现并探索这个难题。在《恩惠》中，我努力描绘种族关系在宗教的影响下从和谐转向暴力的过程。一个曾经宽厚的女主人在成为寡妇并加入一个严苛的教派后，对她的奴隶愈发滥刑。通过虐待奴隶，她重新获得了因丧夫而失去的威望。

《天堂》对这一主题的探索最为戏剧化。我审视了建立纯种社群所带来的矛盾后果，只是这次的"外来者"是所有白人与"混血"之人。

或许我能通过自己曾如何参与其中并得到教训，来更好地解释这种疏离他人的普遍能力。我在别处发表过这个故事，但我想告诉你们的是，我们是多么容易与他人拉开距离，把印象强加于人，也让自己变成我们所厌恶的外来者。

我在位于河畔新住所的院子里走着，看见一个女人坐在邻居花园旁的防波堤上。在她的二十英尺外，一根自制的钓竿弯弯地垂入水中。一股好客之情突然涌上我的心头。我朝她走去，一直走到分隔我家与邻居家的栅栏前，她的穿着令我感到愉快：

男鞋，男式帽，已经破旧、褪色的毛衣，还有毛衣下的黑色长裙。她是黑人。她转过头，亲切地笑着问候我："你好吗？"她还告诉了我她的名字（什么修女之类的）。我们聊了大概十五分钟——从鱼类的做法聊到天气和孩子。当我问她是否住在这里时，她说不，她住在附近的一个村庄，但这家主人说她可以随时来这里钓鱼。她每周都来，有时候会连续好几天，特别是鲈鱼或鲶鱼洄游的时期；但别的时候也行，因为她也爱吃鳗鱼，鳗鱼什么时候都有。她既幽默又充满了似乎只有年长的女人才会拥有的智慧。临走时，她向我约定明天或不久之后再来，我想象我们会再次见到对方。我想象我们会聊更多话题，我会邀请她来我家喝咖啡，分享故事与欢笑。她让我想起某个人，某些事物。我想象我们会有一段随性、轻松又愉快的友谊。

第二天，她并没有出现。接下来的几天也不见她的身影。我每天早上都去找她。夏天结束了，而我始终没有见到她。最后，我向邻居打听有关她的事，却极其困惑地发现邻居并不知道我说的是谁。从来没有上了年纪的女人在她家旁边垂钓——从来没有，她也没有允许任何人这样做。我认定这个钓鱼的女人在自己得到了许可这件事上撒了谎，她是在利用邻居时常外出的空当来偷渔。邻居回家就意味着她不会出现。在接下来的几个月，我问了很多人是否认识她。没有一个人听说过她，包括在邻近村庄生活了七十年的居民。

我觉得自己被骗了，感到既困惑又好笑，甚至时常怀疑那是我做的一场梦。无论如何，我告诉自己，这次偶遇除了可以作为谈资，并没有别的意义。然而，渐渐地，我的困惑先是被烦躁取代，然后是愤恨。如今，我窗外的景色中缺了她的身影，这让我每天早上都回忆起她对我的欺骗和我对她的失望。她当时究竟在这附近做什么？她没有开车，如果她真的住在她所说的地方，那么她要步行四英里。她戴着那顶帽子，穿着那双破鞋，怎么可能在路上不被人注意到？我尝试理解自己强烈的懊恼之情，试图弄懂我为什么会如此在意一个只与我交谈了十五分钟的女人。我只能得出这样的解释：她进入了我的空间（不管怎么说也算是毗邻的空间——在墙根，在堤坝边缘，在那总有趣事发生的栅栏前），并隐晦地向我承诺——女性之间的情谊，让我表达慷慨的机会，对彼此的保护。如今她离开了，也带走了我良好的自我感觉，这当然不可原谅。这难道不是那些我们担心外来者会做的事情吗？打扰、背叛，或是证明他们与我们不一样？这正是为什么我们不知道该拿他们怎么办。先知敦促我们去给予陌生人的爱与让－保罗·萨特所揭示的地狱般的虚伪毫无二致。《禁闭》① 中的标志性台词"他人即地狱"提出了"他人"让个人世界转变为公共地狱的可能性。地狱即他人。

在先知的告诫和艺术家诡秘的警示中，外来者和我们的心爱之人都牵引着我们的目光，让我们或是移开视线或是急于占

---

① *No Exit*，法国作家、哲学家让－保罗·萨特（Jean-Paul Sartre，1905—1980）于1944 年创作的一部存在主义戏剧。

有。宗教先知让我们不要视而不见，扭头走开；萨特则反对占有式的爱。

能够让我们跨越重重阻碍、友善地接近对方的资源很少，但它们都强而有力：语言、视觉形象和经验——经验可能涉及前两者或两者中的任意一项，也可能都不涉及。语言（通过诉说、聆听和阅读）能够引导，甚至掌握或降服我们之间的距离，不管那是横跨大陆还是同床共枕的距离，是文化间的距离，还是由年龄、性别上的相似或相异，由社会建构或是生物学所决定的距离。视觉形象愈发支配着知识被形塑、生产与污染的方式。它能激发语言，也能让语言黯然失色；它不仅决定了我们能知道、感受到什么，还决定了我们认为在自身感受中值得了解的东西有哪些。

语言和视觉形象这两尊小神供养经验，也生成经验。我之所以在一瞬间欣然接受了一个着装古怪的渔妇，部分是因为我投射在她身上的形象。我立即对她产生了感情，并将她占为己有，幻想她是我的私人萨满。我拥有她，或者我想要拥有她（我怀疑她意识到了这一点）。我忘记了潜意识中的形象能有多么强大，忘记了非凡的谈吐足以引诱、暴露和控制一个人，也忘记了它们可以帮助我们实现人的任务——保持人性，并阻止对他人人性的否定和疏离。

但一些不可预见之物也进入了这个显然过于简化的资源清单。与我们最初期待的更亲密的关系与更广博的知识相去甚远，常规的媒体呈现所使用的视觉形象和语言，使我们对人类看起来是什么模样（或应该看起来是什么模样）与我们真实的模样的认识变得更为狭隘。屈服于媒体的扭曲会模糊我们的视野，但抵制它们也会产生同样的效果。在我和那个渔妇的相遇中，我极力抵抗这些影响，与之划清界限。艺术、想象与市场可能也会成为它的同谋，让形态藏匿于范式之中，让自然脱离方法，让人性消失于商品之中。在一些上流圈子里，艺术作为再现现实的手段已经彻底失宠。何为人的概念已然改变，"真理"一词是如此需要打上引号，以至于其缺席（即它难以捉摸的特质）比其在场更有力。

既然疏远他人更为容易，我们为什么还要去了解一个外来者？既然可以关上大门，我们为什么还要拉近距离？在政治共同体中，艺术与宗教对和睦相处的呼声十分微弱。

我花了一些时间才理解自己对那个渔妇所提出的无理要求；理解我一直以来对自己某些方面的渴望和缺失；理解这世上没有外来者，只有不同版本的我们自己，其中的许多版本我们还没有接受，而对于其中的大多数，我们则希望保护自己免受其伤害。外来者并不来自外部，她只是随机出现；她不是异类，但以异类的身份被人们记住。而正是她与我们已知但未能承认的自我相遇的这一随机性，唤起了我们心中的警觉，使我们排斥她和她所激起的情感——尤其当这些情感极为深刻的时候。这也是我们想要占有、统治和管理他人的原因。将她浪漫化，让她成为我们镜中的投影。不管是出于警惕还是错位的崇拜，我们都否定了她的人格，否定了我们自己所捍卫的那种独特性。

第三章　肤色崇拜

　　我一直迷恋于文学利用肤色来揭示人物、推动情节发展的方法，尤其是当小说以白人为主角的时候（几乎总是如此）。无论是一滴神秘的"黑人"之血带来的恐怖，还是与生俱来的白人优越感，又或者是狂乱无度的性权力，肤色的设定及其意义往往是决定因素。

　　关于"一滴血"原则所激发的恐惧，威廉·福克纳是最好的指路人。不然是什么在《喧哗与骚动》和《押沙龙，押沙龙！》中作祟？在乱伦和异族通婚①这两种令人愤慨的婚姻行为中，后者—— 一个用来表示"种族混杂"的古老但有用的词——显然更值得憎恶。在很多美国文学作品中，当故事情节需要一场家庭危机来推进时，没有什么比一次不同种族之间的性事更为可憎。这种关系里的两情相悦被描写得不合常理，令人震惊、憎恶。与强

---

① 原文为 miscegenation。

奸奴隶不同，这一选择——或者更糟糕的情况——这种爱，会受到全方位的谴责。在福克纳的作品中，这还会导致谋杀。

在《押沙龙，押沙龙！》第四章，康普生先生向昆丁解释亨利·萨德本杀死他同父异母的兄弟查尔斯·邦的原因：

> 然而，四年之后，亨利却必须得杀死邦以阻止他们结婚……
>
> 是的，姑且就算是吧，即使对于那个未经世面的亨利，更不用说对那位出门更多的父亲了，八分之一的黑人血统的情妇与十六分之一黑人血统的儿子的存在，哪怕甚至确实举行过一次身份悬殊的婚礼……姑且就算那是一个足够充分的理由吧……[①]

在小说的后半段，昆丁想象亨利与查尔斯之间的对话：

> ——那么说你不能容忍的是异族通婚，而不是乱伦。
>
> 亨利没有回答。
>
> ——而他没有捎话给我？……他没有必要这样做，亨利。为了阻止我他用不着告诉你我是个黑鬼的……
>
> ——你是我的哥哥。

[①] 此处及下文中的引文皆出自上海文艺出版社 2018 年版的《押沙龙，押沙龙！》（李文俊译本）。

——不我不是的。我是将要和你妹妹睡觉的那个黑鬼。除非你把我拦住，亨利。

欧内斯特·海明威利用肤色主义的手段同样引人深思。肤色主义这一可被尽情利用的工具在几种不同的模式间切换——黑人的形象从卑鄙之人，到悲哀但充满温情的正面角色，再到点燃狂热肉欲的黑皮肤。这些人物类型存在于作家生活的世界之中，充斥着他或她的想象，但我感兴趣的是这个世界是如何被表述的。肤色主义是如此实用——它是叙事的终极捷径。

看看海明威在《有钱人和没钱人》中是如何运用肤色主义的。当小说的主角、朗姆酒走私犯哈里·摩根与船上唯一的黑人角色正面对话时，他直呼其名：韦斯利。但是当小说的叙述视角面对读者时，说（写）的却是"黑鬼"①。这是两人与古巴官员发生冲突并被枪打伤后，在摩根的船上的场景：

> 他跟那个黑鬼说："咱们到底在哪儿？"
> 那个黑鬼直起身来看……
> "我会让你舒服的，韦斯利。"他说……
> "我甚至一动也动不了啦。"那个黑鬼说……
> 他倒了一杯水，递给那个黑人②……

---

① 原文为 nigger。
② 原文为 Negro。

> 那个黑鬼试着挪动身子，去拉一个麻袋，接着呻吟一声，躺了回去。
>
> "你痛得那么厉害吗，韦斯利？"
>
> "啊，上帝。"那个黑鬼说。

我们尚不清楚为什么他同伴的真名不足以推动、解释或描述他们的险况——除非作者想要突出叙述者对一个黑人男性的同情，这么做可能会让这个走私犯更得读者的欢心。

让我们再把这个不停抱怨、软弱、需要（比他伤势更重的）白人老板帮助的黑人，与海明威对另一种种族修辞的处理进行比较——后者旨在唤起读者对色情与欲念的联想。

在《伊甸园》中，一开始被作者称为"年轻人"的男性角色戴维与他的新婚妻子凯瑟琳——海明威时而用"女孩"代指她——在法国蔚蓝海岸共度悠长的蜜月之旅。他们在那里放松、游泳、吃吃喝喝，一次又一次地做爱。他们的对话大多是无关紧要的闲聊或忏悔，但贯穿其中的一个重要主题是黑色的身体是多么美丽动人，充满性魅力：

> "……你是我可爱的好丈夫，也是我的哥哥……等我们到了非洲，我也要做你的非洲姑娘。"
>
> ……
>
> "眼下上非洲为时尚早。这是大雨的季节，雨后草长得

太高。天气冷极了。"

……

"那我们该上哪儿？"

"可以去西班牙，不过……上巴斯克海岸去也太早。还是又冷又多雨水。现下那儿处处都在下雨。"

"难道那边没有一个天气热的地点，可以让我们用我们在这儿的方式游水吗？"

"你在西班牙不能用我们在这儿的方式游水。你要给逮去的。"

"多没劲啊。那就等等再上那儿去，因为我要我们俩晒得更黑些。"

"为什么你要晒得特黑？"

"……难道我晒得特黑不叫你兴奋吗？"

"嗯嗯。我喜欢。"

这种乱伦、黑皮肤和性爱的奇异组合，与海明威在《有钱人和没钱人》中对"古巴人"和"黑鬼"的区分十分不同。小说中，虽然两者实际上都指古巴人（出生在古巴的人），但后者却被剥夺了国籍和家乡。

肤色主义在文学中扮演重要角色，有着十足充分的原因——它在当时被写入了法律。只要对"所谓的"肤色法规稍做观察，我们就能发现肤色在判定某一行为是否合法时的重要性。根据

《弗吉尼亚黑人法》（即由琼·珀塞尔·吉尔德[①]收集并整理的弗吉尼亚州用于实行奴隶制、控制黑人的法案）序言中所言，这些法律"渗透到十八和十九世纪黑人生活的方方面面，无论他们是奴隶还是自由人；同时，这意味着它们也渗透到白人多数派的生活结构中"。

例如，一七〇五年的一项法令规定："不服从英格兰国教者、囚犯、黑人、黑白混血儿、印第安奴仆及其他非基督教徒，在任何情况下都不能担任任何案件的证人。"

根据一八四七年的一部刑法，"任何召集奴隶或自由黑人并教导他们读写的白人……应判处六个月以下监禁及一百美金以下罚款"。

又过了很长一段时间，在种族隔离政策下，一九四四年的《伯明翰市法律通则》禁止任何黑人与白人在公共场所一起玩"纸牌、骰子、多米诺骨牌或跳棋"。

这些过时的法律在某种程度上十分愚蠢。它们虽然已不再也不能再被强制执行，却为许多作家铺就了一条能在其上大显身手的华毯。

成为美国人的文化机制简单明了。一个来自意大利或俄罗斯

---

① June Purcell Guild（1888—1966），美国律师、作家、社会工作者。

的移民可能保留了一些母国的语言和习俗，但若想成为美国人，得到他人的承认并且真正地成为美国的一部分，她必须变成一种在她的祖国无法想象的存在：白人。这个身份可能会让她感到自在或者不自在，但它将一直存在下去，并给她带来某些优势和自由。

大量文献表明，非洲人和他们的后代没有这种选择。我开始对如何通过文化而非肤色来呈现黑人形象产生了兴趣——当肤色本身会为他们招致憎恨，当肤色只是一个次要特征，当肤色没有被交代或被刻意隐藏起来。它给予我一个特别的机会去无视对肤色的迷恋，也让我从极其审慎的写作中获得某种与之相伴的自由。我在我的几部小说中通过拒绝依赖种族符号，甚至向读者提示我的这种写作策略，来戏剧化地突出这一点。

《天堂》的开场便使用了这一策略："他们先朝那个白人姑娘开了枪。对剩下的人他们可以从容下手。"① 这是对种族身份的爆发式叙述。在之后对被袭击的修道院中女性的描述中，小说隐去了她们的种族信息。读者会把她找出来吗——那个白人女孩？还是会在寻找的过程中失去兴趣，放弃寻找后转而关注小说的实质内容？有些读者告诉我他们的猜测，但只有一个人猜对了。她的关注点在于行为：任何黑人女孩——不管她从哪里来，有着何种过往——都不会有的那些举动或者设想。这一无关种族的群体毗

---

① 此处及下文中的引文皆出自南海出版公司 2010 年出版的《天堂》（胡允恒译本），在原译文的基础上有所改动。

邻一个与之截然相反的社群：对其中的居民而言，种族纯洁性就是一切。任何不是"黑如八层石"，即肤色犹如煤矿最底层一样深的人，都会遭到这个镇子的排斥。

《最蓝的眼睛》等其他作品的主题则是肤色崇拜的结局——它那毁灭性的力量。

在《家》这部作品中，我再次尝试隐去肤色。只要读者细心注意一些行为符号，一些黑人日常承受的限制，比如在公共汽车上坐在哪里、在哪里撒尿等信息，便能轻易猜出角色的肤色。但我成功地让读者忽视肤色，这使我的编辑感到焦虑。因此，我不太情愿地铺设了一些指向性的线索，来帮助读者确认主角弗兰克·莫尼的种族身份。我认为这是一种与我的写作目的相悖的错误做法。

在《孩子的愤怒》中，肤色既是一种诅咒又是一种祝福，既是一把锤子又是一枚金戒指。但无论是锤子还是戒指，都不会让读者对角色产生真正的共鸣，只有无私地关爱他人才是真正成熟的标志。

在文学写作中，有意无意地揭示角色种族身份的机会如此之多，但我发现为黑人角色创作无关肤色的文学作品是一项既令人解脱又极其困难的工作。

如果海明威在小说中仅仅使用韦斯利这个名字，他的作品会丧失多少张力与趣味？如果福克纳把书的主题局限于乱伦而非戏剧性的"一滴血"诅咒，小说的魅力和震撼会降低多少？

部分读者第一次读《恩惠》——一个先于塞勒姆女巫审判案①两年发生的故事，可能会以为只有黑人是奴隶。但诸如美国原住民、白人同性恋伴侣这些我在书中写到的角色，都有可能成为奴隶。《恩惠》中的白人女主人虽然不是奴隶，却也是在一场包办婚姻中被买来的。

我在短篇小说《宣叙调》中第一次尝试这种抹除种族特征的写作技巧。它本来是一部写给两位女演员的剧本——其中一位是黑人，一位是白人。但我当时并不知道她们会分别扮演哪个角色，于是我干脆丢弃肤色，把社会阶层作为她们的身份特征。女演员们一点也不喜欢我的剧本。后来，我把这些素材改写成短篇小说，但采用了与原计划相反的策略——角色的确有了种族之分，可所有的种族符号都被刻意抹除了。大部分读者仍坚持寻找那些我拒绝给予他们的信息，而非试图理解故事情节和角色发展。

其他黑人作家可能并不会欣赏或关心我的这些努力。几十年间，他们致力于塑造鲜明的黑人角色，并为这些角色书写强有力的故事；他们可能会怀疑我是否在进行文学"洗白"。并非如此。我也不要求其他人加入我的战线。但我已下定决心要拔去廉价的种族主义利齿，消灭并证伪那些常规、简陋、触手可得的肤色崇拜——这种崇拜本身就是对奴隶制的重演。

---

① 1692 年至 1693 年间，在英属北美殖民地马萨诸塞湾省塞勒姆镇，超过 200 人被指控使用巫术致使儿童发病。这场审判导致 20 人被判处死刑，其中 14 位是女性。

第四章　建构"黑人性"

对"黑人"的定义与对"黑人性"的论述多种多样,其中充斥着不可靠的理论与编造。审视这些用语的建构方式、文学用途,和它们所激发的或暴力或积极的行动,哪怕不能阐明问题,也会十分有趣。

我仔细研究过俄克拉荷马州黑人城镇的历史。那些宣称可为拓荒者们"自由"利用的土地,即俄克拉荷马领地和印第安领地,是(通过胁迫性手段)从科曼奇部落征用的。在那些对这片新土地宣示所有权的人中,既有自由人也有曾经的奴隶。他们建立了大约五十个城镇。据我所知,在这五十个城镇中,大约有十三个依然存在:兰斯顿大学的建校地兰斯顿、拥有两所大学——克里克-塞米诺尔学院和美以美会学院——的波利、塔拉哈西、雷德伯德、弗农、泰特姆斯、布鲁克斯维尔、格雷森、利马、萨米特、伦蒂斯维尔、塔夫脱和克利尔维尤。

并不是所有的居民都是黑皮肤;少数人是美洲原住民或欧

洲人。但他们自称是黑人，并凭借这个身份接受政府的帮助。这些城镇的建立者对"黑人"的定义并不总是清楚明了。南北战争后，当解放了的奴隶迁移到北部和中西部时，很多广告和招揽告示都警告说："有备而来，否则别来。"这看上去是一个明智的建议：带上你自己的工具、马匹、衣服、金钱和本事，这样你就可以自食其力，不会成为负担。然而这也有其排外性：如果来者是只会料理家务的老寡妇、带着年幼孩子的独身母亲，或是身体残疾的老人呢？他们会被告诫远离城镇，以确保它的健康和发展。另外，混血的拓荒者似乎更受欢迎。这个结论是我从老照片中那一两个被派去当守卫的深肤色男人身上看出来的。显然，居住在繁荣的黑人城镇上的主要是浅肤色的人，也就是说，他们的血管里流淌着"白人"的血液。

我强调这种肤色特征有两个原因。一是肤色的含义及其所谓的特性作为学术和政治讨论的主题至少已有一个世纪。另一个原因是这种"含义"对所谓的黑人和白人群体都产生了影响。（值得一提的是，除了南非人之外，非洲人不会自称"黑人"。他们是加纳人、尼日利亚人、肯尼亚人，依此类推。）

大量的医学和科学研究都致力于解释黑人是什么物种、他们拥有什么特征，并在此之前假设这些问题都是合理的。这些研究者在十九世纪为各种"心理障碍"所发明的词汇令人惊诧："懈怠症"（黑人奴隶或自由人的无赖行径），"漂泊症"（奴隶逃离禁锢的倾向）。这些术语无疑助长了种族主义及其传播，甚至现在我们也将其视为理所当然。（作为一个社会，如果没有关于"黑人性"的等级秩序或种族理论，我们会是什么样子，会做什么，会变成怎样？）

一旦"黑人性"的社会、政治和医学定义得到了接纳，这会对黑人群体产生怎样的影响？

我们刚刚谈到，黑人城镇作为安全、繁荣、远离白人的港湾持续发展。但在一个充满敌意和死亡威胁的世界里，黑人居民的生活会是怎样的？毫无疑问，考虑到他们对周围世界的了解，他们能有多安全？之前我提到，在一八六五年到一九二〇年间于俄克拉荷马州建立的大约五十个黑人城镇中，有十三个至今仍然存在。那约三十七个不复存在的城镇中的居民可能已经亲眼目睹了他们当初出逃的原因，并重新思考了黑人生命的价值，特别是那些经历了一九四六年的人。

二十世纪的美国并没有远离优生学，私刑也没有停息。黑人的尸体被兴奋的白人旁观者包围的照片出现在印刷品上，印有私刑场景的明信片也颇受欢迎。

黑人承受的恐惧既不是幻想，也不是一种病态。

一九四六年，仍穿着制服的黑人退伍军人艾萨克·伍达德，在南卡罗来纳州走下灰狗巴士。当时他正准备返回北卡罗来纳州与家人团聚。他在军队里待了四年，在太平洋战区（他在那里被提拔为中士）和亚太地区（他在那里获得了一枚战役勋章、一枚二战胜利勋章和一枚品行优良勋章）服役。当大巴到达休息站时，他问司机是否有上厕所的时间。他们争论了一番，但他最终被允许使用厕所。后来，大巴在南卡罗来纳州的贝茨堡停了下来，司机叫警察把伍达德中士带走（显然，以他上厕所为由）。警察局局长林伍德·舒尔把伍达德带到附近的一条小巷，并在那里与其他几个警察一起用警棍殴打了他。之后他们把他带到监狱，以妨碍治安的罪名逮捕他。伍达德入狱的那晚，警长继续用警棍打他，并挖出了他的眼睛。第二天早上，伍达德被当地法官认定为有罪，并处以五十美金罚款。伍达德请求的医疗救助在两天之后才到。与此同时，由于他陷入了轻度失忆，不知道自己身在何处，他被送往南卡罗来纳州艾肯市的一家医院。在他的家人报告他失踪的三周后，他被人找到并紧急送往斯帕坦堡的一家陆军医院。他双眼的伤势已经无法挽回。尽管双目失明，他活了下来，而且一直活到了一九九二年，享年七十三岁。而在全部由白人组成的陪审团三十分钟的商议后，舒尔警长在众人热烈的掌声中被判无罪。

除了全国有色人种协进会[①]和其他组织的报道之外，让这次袭击不同于许多其他类似事件，而得到杜鲁门总统关注的原因，或许是受害者制服上那展示着战场功绩的奖章。

这些黑人城镇在害怕什么？发生在艾萨克·伍达德身上的事情并不是孤例。

---

① NAACP，全称为 National Association for the Advancement of Colored People，美国黑人民权组织，创立于 1909 年。

以下是我列举的二十世纪发生的大量私刑案件中的一小部分：

埃德·约翰逊，1906 年（在获得死缓后，被冲进监狱的暴徒在田纳西州查塔努加的胡桃街大桥上私刑处死）。

劳拉·纳尔逊和 L.D. 纳尔逊，1911 年（一对母子，被指控谋杀，在牢房里遭到绑架，在俄克拉荷马州奥基马市附近的一座铁路桥上被吊死）。

伊莱亚斯·克莱顿、埃尔默·杰克逊和艾萨克·麦基，1920 年（三名马戏团工人在没有任何证据的情况下被指控强奸，在明尼苏达州的杜鲁斯被私刑处死；杀人犯没有受到惩罚）。

雷蒙德·甘恩，1931 年（被指控强奸和谋杀，在密苏里州的玛丽维尔被暴徒浇汽油烧死）。

柯迪·奇克，1933 年（在被诬告强奸并从监狱释放之后，在田纳西州的摩利被一群暴徒处以私刑并肢解）。

布克·斯派西利，1944 年（由于拒绝在公交车的后排落座，在北卡罗来纳州的达勒姆被该车司机射杀）。

马西奥·斯奈普斯，1946 年（因在佐治亚州民主党初选中投票，被从位于佐治亚州泰勒县的家中拖出后射杀；附近的一所黑人教堂被人贴上告示，上面写道：**第一个投票的黑鬼永远地失去了投票的能力**）。

拉马尔·史密斯，1955 年（民权运动家，在密西西比州布鲁克海文林肯县法院的草坪上被枪杀）。

埃米特·提尔，1955 年（十四岁时在密西西比州的莫尼镇被殴打和枪杀；据称，当时他与一名白人女子调情，但事后这名女子承认自己对事情的经过撒了谎）。

这仅仅是部分案件，骇人听闻的案例还有更多，但我认为这些案例对于（不再是奴隶的）黑人在二十世纪的处境与他们所面临的真实威胁仍具代表性。

他们因此逃向"自由"的土地，并建立了自己的肤色等级制度，将最深的黑色——"蓝黑色"——作为一个人是否会被接纳的明确标准。这就是我的小说《天堂》的前提，它的背景是俄克拉荷马州一个（虚构的）名叫鲁比的偏僻小镇，镇上的居民都是黑人。在那里"没有可以提供给旅行者的任何东西：没有小餐馆，没有警察，没有加油站，没有公用电话，没有电影院，没有医院"。

黑人之间的肤色编码、被自己的种族排斥在外的风险，以同样无理的方式遭受像艾萨克·伍达德那样残暴对待的极大可能性，这些都是启发了许多黑人城镇创立者的现实。在《天堂》中，我想象了一个逆向的反乌托邦——通过加深"黑人"的定义并追寻其纯洁性，来对抗"白人"纯洁性的优生学。尤其是那条把许多一无所有的出逃的黑人拒之门外的规定："有备而来，否则别来。"

一个全是黑人的小镇为什么要强调自身种族纯洁性的标准？它又是如何成功的？在《天堂》里，我想重塑"黑人性"。

我想探索种族纯洁性的要求，以及当黑人的种族纯洁性受到劣等或不纯之人威胁时城镇居民的反应。

在《天堂》里，我把玩着这些混乱且令人困惑的"黑人性"概念。我在开篇就指向了种族、纯洁性和暴力："他们先朝那个白人姑娘开了枪。对剩下的人他们可以从容下手。"就像我没有说明"白人姑娘"是谁一样，在最初的袭击中，没有一个凶手被指名道姓。杀人者是儿子、侄子、兄弟、叔叔、朋友或是姐夫——但他们都没有名字。

在刻意隐藏他们的姓名之后，接下来的每一章都以一个女性的名字为标题——玛维斯、格蕾丝、西尼卡、迪万、帕特丽莎、康瑟蕾塔、娄恩和萨维－玛丽，但她们的"种族"身份都没有得到交代。

我急切地想拔去种族这一概念的利齿，让它更为戏剧化，希望以此说明这一建构之物的游移不定和无意义。当你了解这些角色的种族身份，你就真的了解他们了吗？你能了解到什么呢？

鲁比"以外"的世界暗藏着威胁，小镇上的居民对自己身为黑人所面临的危险也了然于胸，这让他们决心建立一个可以自己控制并捍卫的纯黑人城镇：

十代人都知道留在那里的有什么：曾经召唤过他们的自由空间变成了无人过问的混乱地方，变成了随时随地都有散乱或结伙的邪恶涌现的空白区——发生在任何大树后面，在不管简陋还是宏大的宅门后面。还发生在光天化日之下，在你的孩子们游戏的地方，在你的女人挖地的地方，在你可能整个人被抹除的地方，在人们携带武器去教堂和在每个马鞍上盘起绳子的地方。在每个白人群体都像是武装民兵团的地方，只身一人就意味着死亡。但是最近的三代人还是一再吸取了教训，学会了如何捍卫一座镇子。于是，像那些原先的黑奴知道要先干什么一样……在八月中的某个黎明到来之前，十五家居民……不像先前有些人去了马斯科吉或加利福尼亚或圣路易斯、休斯敦、朗斯顿、芝加哥，而是往俄克拉荷马的深处走去……

摩根兄弟控制着他们帮忙建立的小镇，他们将小镇命名为鲁比，以纪念他们不久前去世的妹妹。然而，尽管他们在当地势力强大，镇上的居民之间仍存在深重的冲突。最扰乱人心的问题之一，便是那珍贵的、由祖辈制造并搬到鲁比的社区炉灶上（缺失了首字母）的铭文究竟写了什么。是"成为他皱起的眉头"吗？还是就像年轻人坚称的，"我们是他皱起的眉头"？抑或"女人是皱起的眉头"？和与外地人发生性关系这种引人侧目的现象同时存在的，还有根本的宗教分歧。普立安牧师是一位傲慢的保守派牧师，他的布道体现了这座小镇的众多分歧之一。以他在婚礼上的布道为例：

"我来跟你们说说爱，这个愚蠢的词你们相信是关于你是否喜欢某个人或某个人是否喜欢你，或者你为了得到想要的某个东西或某处地方而容忍某个人。或许你们相信这个词是关于你的身体如何呼应另一个身体，如同知更鸟或美洲野牛，或许你们相信爱是力量、自然或命运对你们的垂青，至少不会伤害、杀死你们，即便如此也是对你们有好处的。

"爱完全不是这码事。在自然界没有这样的事。在知更鸟、美洲野牛或者向你猛摇尾巴的猎犬当中没有，在盛开的花或吃奶的马驹当中也没有。爱只是神赐的，而且始终很艰难。如果你认为爱很容易，你就是傻瓜。如果你认为爱是自然而然的，你就是瞎子。爱是一门应用学问，除了上帝，没有道理或原因可言。

"爱不是你们忍受过多少不幸就配有的。爱不是你们被别人亏待了就配有的。爱不是你们想要就配有的。你们只能赢得——通过实际行动和仔细思考——表达爱的权利，而且你们还得学会如何接受爱。这就是说，你们得赢得上帝。你们得照上帝的谕示去做。你们得心里想着上帝——非常认真地。而如果你们是勤奋的好学生，就可以把握表达爱的权利。爱不是一件礼物。爱是一种证书，一种授予特权的证书：表达爱的特权和接受爱的特权。

"你怎么才能知道自己已经毕业了呢？你不知道。你所知道的是你是人，因此是可教育的，因此是能够学会如何学习的，因此上帝会对你感兴趣，而上帝则只对他自己感兴趣，就是说他只对爱感兴趣。你们明白我的意思了吗？上帝对你没兴趣。他对爱感兴趣，只赐福给那些可以理解并分享这种兴趣的人。"

主持婚礼的米斯纳牧师是一位更为进步的传教士。他阐述了与之相反的观点，对他来说，爱是"毫无企图心的尊重：其所见证的并不是一个与他自己的爱同为一体的乖戾的主，而是一个能使人类去爱的主。并非为他自身的荣耀——绝不。上帝爱人类彼此互爱的方式，爱人类爱自己的方式，爱十字架上的超凡人物，因为他两方面都做到了，而且在明了这一点中死去"。他在会众面前举起十字架，无声抗议普立安的思想"毒药"，并心想：

看到了吗？这样一个孤独的黑人被处以死刑，他以拥抱他人的姿态被缚在这两条相交的直线上，紧紧地拴在两根大木棒上，这样的木棒太方便了，太好辨认，既普通又崇高，作为意识嵌入了知觉之中。看到了吗？他那毛茸茸的头在颈项上仰起又垂到胸前，他那夜色般的皮肤的光泽被尘土遮没，因外伤划出伤痕，被唾沫和尿液弄得脏臭，在干燥的热风中变成白镴色，最后，随着阳光羞愧地黯淡，随着他的皮肉在午后暗如黑夜的奇特光线中变得昏黑，无常的天气吞没了他和其他死刑重犯，这一最初标志融入虚假的夜空。看出这桩百里挑一的公开的谋杀有何不同，以及它是如何把上帝与人的关系从执行官和恳求者变成一对一的了吗？他举着的十字架是抽象的，而缺席的躯体却是真实的，二者相结合，就把人类从后台拉到了聚光灯下，使在舞台侧面嘀嘀咕咕的他们变成了他们生命故事的主角。这场处决使自我尊重和彼此尊重——自由地而不是心怀惧怵地——成为可能。

鲁比内部的冲突不断激化，以至于（一部分）男人迫切地需要通过找出一个可以清除的敌人，来消灭社群内部的邪恶与分裂。鲁比附近的这所曾经的修道院中的女人们完美地满足了这一要求。

当然了，这些女人——一群与小镇格格不入的人，一群逃亡者——并不是内心平和的圣人。她们几乎在所有事情上都存在分歧，除了对修道院最后一位居民的深厚感情。这个醉醺醺的老妇名叫康瑟蕾塔，她欢迎所有人的到来。在鲁比的男人们对这些女人发动袭击之前，康瑟蕾塔带领她们举行了一场名为"喧嚣之梦"的奇妙仪式，净化修道院中的每个女人，赋予她们力量。但为时已晚。鲁比的男人们来了。

在所有这些基于种族和性别的权力分配所引起的争斗、混乱而不可调和的冲突中，我试图让读者注意到特定的个体是如何努力逃离伤害，弥补自己的过失——一次只讲一个故事。一个一个地讲。

这部作品——或者说我写作这部作品的目的——让我回想起多年前，我在一次维也纳双年展上的经历。在展出的一件艺术作品中，我被邀请进入一间光线昏暗的房间，面向一面镜子。几秒后，一个身影慢慢成形，向我靠近。是一位女性。当她（或者说她的影像）就在我身边，高度与我等身的时候，她把手放在玻璃上，而我也按照指示做同样的动作。我们就这么面对面地站着，无声地注视着对方。人影逐渐淡去，缩小，最后完全消失。另一位女性出现了。我们又一次触碰彼此的手心，又一次四目相对。这样的体验持续了一段时间。每位女性的年龄、体形、肤色、衣着都各不相同。我必须承认这是一次奇妙的经历——与一位陌生人亲密接触。沉默，却知晓。接受每一个人——一个一个地来。

第五章　叙述他者

　　我在兰登书屋做了很多年的高级编辑——大概十九年。我下定决心把尽可能多的优秀美国非裔作家纳入出版目录。

　　在我提交给编辑委员会的出版建议中，一部分项目获批，其中包括托妮·凯德·班巴拉[1]、安吉拉·戴维斯[2]、盖尔·琼斯[3]和休伊·牛顿[4]等人写的书。但除了穆罕默德·阿里的自传之外，全都销量平平。一位区域推销员在一次销售会议上提及这一问题。他说，想要把书"在街道的两旁"都卖出去是不可能的。他的意思是，买书的大多是白人，黑人很少，几乎没有。

　　我心想，那如果我出版一本足够好、足够吸引黑人读者注意力的书呢？于是我开始构想这本后来成功出版的《黑人之书》。这是一本典雅的剪贴簿，涵盖了照片、歌词、黑人发明的专利、

---

[1] Toni Cade Bambara（1939—1995），美国黑人作家、纪录片制作人与社会活动家。

[2] Angela Davis（1944—　），美国作家、学者、政治活动家。

[3] Gayl Jones（1949—　），美国作家，代表作《伊娃的男人》。

[4] Huey Newton（1942—1989），美国政治活动家、革命家。

新闻剪报、广告海报——关于非裔美国人历史和文化的一切，既有可憎可怖的内容，也有美好的、鼓舞人心的部分。这些素材来自四面八方，但主要来源于拥有大量美国和非裔美国人历史资料的收藏家。

在我收集的素材中有一份剪报，标题很有意思："对杀害孩子的奴隶母亲的一次拜访"。这篇报道发表在一八五六年二月十二日出版的《美国浸信会》上，作者是俄亥俄州辛辛那提市费尔蒙特神学院的巴塞特牧师，他致力于与囚犯一起做礼拜。这位名叫玛格丽特·加纳的奴隶母亲和她的家人一起逃离了让他们被奴役的肯塔基州，来到自由的俄亥俄州。巴塞特与玛格丽特·加纳的邂逅如下：

　　上个安息日，我在辛辛那提市监狱布道，随后，副警官出于好意允许我探访那位不幸的女人，她的事情在过去两周引起了很多议论。

　　我与她见面时，她怀里抱着一个只有几个月大的婴儿。我注意到婴儿额头上有一块很大的瘀青，便询问了受伤的原因。于是她详细地讲述了她试图杀死自己的孩子的故事。

　　她说，当警察和抓捕逃奴的人来到他们躲藏的房子，她抓起一把铁锹，重击了两个孩子的头部，然后拿刀割开了第三个孩子的喉咙。她试图把剩下的孩子也杀掉——如果她有足够的时间，她会把他们都杀死。她对自己的命运不太在意，但她不愿意让孩子受她受过的苦。

我问她当时是否激动得几近发狂。不，她回答，我就和现在一样冷静。她宁愿一次性终结他们的生命，免除他们的痛苦，也不愿让他们遭受奴隶制的凌迟。接着她讲述了她所经历的不公，那些苦难的日子，彻夜不休的劳作。她讲着讲着，苦涩的泪水顺着脸颊淌下，落在怀中那天真的孩子脸上。婴儿笑着抬头看，对等待着自己的危险与可能到来的苦难一无所知。

听着她的陈述，看着她痛苦的神情，我不禁惊叹：啊，行使于有智慧的生命之上却不负责任的权力何其可怕！当她提及被她杀死的孩子已从所有的烦恼和悲伤中解脱时，脸上那满足的神情让人毛骨悚然。但她的母爱却显得热烈而温柔。她大约二十五岁，有着不亚于常人的善良与机敏，性格也十分活泼。

两位男士和另外两个孩子住在另一间公寓里，她的婆婆与她住同一个房间。婆婆说自己是八个孩子的母亲，但大部分孩子都被迫与她分离；她的丈夫也与她分开了二十五年，在这期间未谋一面。假如她能做到，她不会允许她的丈夫回来，因为她不希望让他看到她受苦，也不希望他遭受他必定会遭受的那些残酷待遇。

她表示自己一直是个忠厚的仆人。如果不出意外，她不会在如此年迈之际追求自由。但随着她的身体逐渐虚弱，劳动能力每况愈下，她的主人也对她越来越苛刻残忍。她终于忍无可忍，决定一试——最糟糕的结果也无非一死。

她目睹了孩子被杀的过程，但她说自己既没有鼓励也没有劝阻儿媳——在相似的处境下，她可能会做出相同的决定。老太太大概六七十岁，教龄大约二十年，她总是深情地说起终将从压迫者手中解脱、与救世主同在的时刻，在那"恶人止息搅扰，困乏人得享安息"之处。

这些奴隶（据我所知）一辈子都住在距辛辛那提十六英里以内的地方。我们经常听说肯塔基州的奴隶制是无害的。如果这已是温和的奴隶制所结出的果实，有谁能告诉我们它更令人憎恶的模样？对此无须赘言。

这篇短文引起我注意的两点在于：一、婆婆无法谴责但也不愿赞同杀婴行为；二、玛格丽特·加纳的内心平静安详。

一些读者知道，玛格丽特·加纳的故事是我的小说《宠儿》的灵感来源。小说出版后十年左右，由斯蒂芬·韦森伯格[①]撰写的玛格丽特·加纳的传记也出版了，书名是《现代美狄亚：一个关于奴隶制与谋杀儿童的旧时南方家庭故事》。韦森伯格的书引用的是这样一个经典故事：被抛弃的女人为了报复孩子父亲的不忠而把孩子杀死。而我的故事则是关于杀害孩子这一举动背后情

---

① Steven Weisenburger，美国文学与文化史研究学者。

有可原之处与其野蛮残忍之处的对峙。

韦森伯格的传记全面考察了玛格丽特·加纳的行为及其后果所涉及的一系列事实。我对这些事实知之甚少，但即便有机会，我也选择不去深究，更不用说当时并没有这样的机会。我把希望完全寄托在自己的想象力上。其中，我最感兴趣的是为什么婆婆对儿媳的谋杀行为无力谴责。

我想知道她最终会给出什么样的答案，我决定唯一拥有绝对权力来下判断的人是那个死去的孩子。我用她母亲或许能够付得起钱让工匠在墓碑上刻下的那个词，给她起了"宠儿"这个名字。当然，我也更改了角色的姓名，创造了新的角色，删除了某些人物，缩减了一些人物在故事中的比重（比如玛格丽特·加纳的丈夫罗伯特）。我也彻底无视了长达数月的法庭审判：这场审判充满争议，让废奴主义者焦躁不安；他们把加纳的谋杀案打造成一个轰动社会的焦点议题，并希望她能够被控谋杀，从而协助推翻一八五〇年的《逃奴追缉法案》。不管怎样，即使当时我知道她有几个孩子是混血儿，也会选择忽略这个事实，显然，这表明她的主人强奸了她——这轻而易举，因为她的丈夫经常被派往其他种植园务工。我让她的一个孩子幸存了下来。这个孩子在一个白人女孩的帮助下诞生，这个女孩也是一个逃奴，而她的同情基于性别，而非种族。我目睹塞丝——我给这位母亲取的名字——独自逃走。我加入了一个会说话、会思考的孩子的亡灵，她施与人世的影响——包括她的显形与消逝——代表了奴隶制哥特式的破坏力。我让婆婆贝比·萨格斯在忍受奴隶制的过程中扮演了一个关键角色。她是一位不经教会而自我封定的牧师。我希望用她的信仰和她在布道中对爱的诠释来解释她为何不愿谴责儿媳。

这是贝比·萨格斯在林中空地布道的其中一部分：

"在这里，"她说，"在这个地方，是我们的肉体；哭泣、欢笑的肉体；在草地上赤脚跳舞的肉体。热爱它。强烈地热爱它。在那边，他们不爱你的肉体，他们蔑视它。他们不爱你的眼睛，他们会一下子把它们挖出来。他们也不爱你背上的皮肤，在那边他们会将它剥去。噢我的子民，他们不爱你的双手。他们只将它们奴役、捆绑、砍断，让它们一无所获。爱你的手吧！热爱它们。举起它们，亲吻它们。用它们去抚摸别人，让它们相互拍打，让它们拍打你的脸，因为他们不爱你的脸。你得去爱它，你！不，他们也不爱你的嘴。那边，远在那边，他们看见它流血还要在伤口上再戳一刀。他们不关心你嘴里说出些什么。他们听不见你嘴里尖叫的声音。他们会夺去你吃进嘴里滋养身体的东西而代之以渣滓。不，他们不爱你的嘴。你得去爱它……噢我的子民，远在那边，听我说，他们不爱你不带绞索的挺直的脖子，所以爱你的脖子吧，把一只手放上去，给它增色，拍打它，把它扶正。还有你所有的内脏，他们会一股脑扔给猪吃，你得去

195

爱它们。深色的、深色的肝——爱它，爱它，还有怦怦跳动的心，也爱它。比眼睛比脚更热爱。比呼吸自由空气的肺更热爱。比你保存生命的子宫和你创造生命的私处更热爱。现在听我说，爱你的心。因为这才是价值所在。"[1]

我进一步丰富了那个被救下来的孩子的形象，为她取名丹芙——与那个帮助她母亲生产的白人女孩同名，并探究她如何与杀死了自己妹妹的母亲共同生活。她享受着祖母和邻居们的关心和帮助，这些帮助足以鼓舞她，让她能够茁壮成长。

我创造了一个新的、充满希望的结局，而不是像玛格丽特·加纳真实的人生结局一样悲惨而令人不安。我重新命名、重新塑造了这位被我称为塞丝的奴隶母亲，她最终被激励着去思考、去理解一个事实：不管她和女儿经历了什么，她都可以成为一个有价值的人。"她是我最宝贵的东西。"她对保罗·D说，她指的是宠儿。他说不，"你自己才是最宝贵的"。她质疑道："我？怎么会是我？"她没有把握，但至少她对这个想法有了兴趣。因此，她才可能拥有一个圆满、平和、无悔的结局。

当然了，这个结局不是最终的答案。最终结局必须属于那个"他者"——故事的主要动机、小说存在的原因所在，也就是宠儿自己：

---

① 此处及下文中的引文皆出自南海出版公司 2013 年版的《宠儿》(潘岳、雷格译本)。

有一种孤独可以被摇晃。手臂交叉，双膝蜷起；抱住，别动，这动作并不像轮船的颠簸，它使人平静，而且不需要摇晃者。它是一种内心的孤独——好像有皮肤将它紧紧裹严。还有一种孤独四处流浪。任你摇晃，绝不就范。它活着，一意孤行。它是一种干燥的、蔓延着的东西，哪怕是你自己的脚步声，听起来也仿佛来自一个遥不可及的地方。

人人都知道怎么称呼她，却没有人知道她的名字。她被人遗忘、来历不明，却永远不会失踪，因为没有人在寻找她；即便有人在寻找，他们不知道她的名字，又怎么唤她呢？虽然她有所要求，但是没有人要求她。青草漫漫的地方，那期待着爱和寻机讨债的姑娘炸裂得七零八落，使得那咀嚼着的狂笑轻易将她吞个精光。

那不是一个可以继续的故事。

他们像忘记一场噩梦一样忘记了她。那些看见她出现在门廊里的人们，先是编造故事，添枝加叶，随即又迅速地、故意地忘记了她。那几个同她说过话、与她一起住过、爱过她的人，用了更长的时间来忘记她，直到他们发现，自己不能记起也不能复述她说过的一句话，只好开始相信，她其实什么也没说过，不过是他们自己无中生有罢了。于是，到头来，他们也将她遗忘了。记忆似乎是不明智的。他们永远不知道她在哪里或者为了什么蜷作一团，也不知道她如此渴求的那张水底的面孔究竟是谁。有关她颚下笑纹的记忆本该留下却荡然无存，那里门闩紧闭，地衣又将它苹果绿的花朵覆满了铁锁。她又怎能妄图用指甲开启雨水淋蚀的铁锁呢？

那不是一个可以重复的故事。

于是他们忘掉了她。好像忘掉睡不安稳时做过的一个不快的梦。然而，他们醒来的时候，偶有一条裙子的窸窣声倏然而逝，而那在梦乡里擦着脸颊的指节也似乎是酣睡者自己的。有的时候，一个亲朋故友的相片——盯着看得太久——也会变样，上面移动着比亲人的脸更为熟悉的什么。愿意的话，他们摸得到它，可是千万不要摸，因为他们知道：一旦碰了，一切将不会安然如故。

这不是一个可以流传的故事。

一百二十四号后面的小溪边，她的脚印来了又去，去了又来。它们是这样熟悉。无论是孩子还是大人，把脚丫放进去，都会合适。拔出脚来，它们又会消失，仿佛从没有人打那里走过。

渐渐地，所有痕迹都消失了，被忘却的不仅是脚印，还有溪水和水底的东西。留下的只有天气。不是那被遗忘的来历不明者的呼吸，而是檐下的熏风，抑或春天里消融殆尽的冰凌。只有天气。当然再不会有人为一个吻而吵吵闹闹了。

宠儿。

据我所知，那场审判的真实结果如下：经审判，这位奴隶母亲无须承担杀害孩子的法律责任（若她必须对此负责，她会被判处死刑），因为一名联邦地区法院的法官介入并判定《逃奴追缉法案》具有判决优先权。因此，根据法律，玛格丽特·加纳和她的后代都属于财产——她的孩子们根本不属于她，因为他们是可以被贩卖，也时常被贩卖的货物。也就是说，加纳最终被认定无须承担人类的责任，包括身为人母的责任，而被看作是像牲畜一样可以用来交易的动物。无论如何，她难逃厄运：要么作为杀人凶手被提前处决，要么作为一个奴隶被慢慢虐待至死。事实上，韦森伯格发现，最终她再次作为奴隶被送回南方，直到一八五八年死于伤寒。

玛格丽特·加纳真实的故事固然令人扼腕，但小说叙事的核心与外延则是那个被谋杀的孩子。对我而言，对她的想象才是艺术的灵魂和骨肉。

叙事性小说赋予我们一片可控的荒野，一个作为与成为"他者"的机会。成为那个满怀同情、思路清晰、勇于自省的外来者。在这一层面上，对于身为作者的我而言，女孩宠儿这一盘萦不去的鬼魂是终极的"他者"。她大声喧闹，永远吵着索要一个吻。

第六章　异乡人的家园

　　除去十九世纪的奴隶贸易高峰，二十世纪下半叶至二十一世纪初的人口流动规模比历史上的任何时期都更为庞大。工人、知识分子、难民和移民跨越海洋和大陆，穿过海关或挤在简陋的船上，使用多种语言进行贸易，诉说着有关政治干预、迫害、战争、暴力与贫困的故事。全球人口（自愿或非自愿）的重新分配毫无疑问成了各个国家、董事会、社区甚至街道议程上的重要事项。控制人口流动的政治操作不仅限于监控这些无家可归的人，还有可能将他们作为人质扣押。这一大规模外迁现象中的极大部分可以被理解为被殖民者前往殖民者所在地的旅程（就像奴隶从种植园来到庄园主的家里一般），其中更多的是战争难民，一小部分则是管理阶层与外交领域向全球化各大前哨的搬迁与转移。在立法层面，控制人口流动的举措则更侧重于建立军事基地和部署新的军事单位。

　　这场规模浩大的人口流动不可避免地将人们的注意力吸引到

边境这种防守较为薄弱、有可乘之机的地区。在人们的想象中，在这些地方，家园的概念正在受到外国人的威胁。在我看来，让恐慌萦绕在边境和国门上的其实是：一、全球化的威胁和承诺；二、我们对自身的外来性和正在快速瓦解的归属感的焦虑。

让我先从全球化说起。在我们目前的理解中，全球化并不是十九世纪"不列颠统治"模式的复刻，但后殖民时期的动荡反映了一个国家（当时的英国）对其他大多数国家的统治，并让人产生这一联想。"全球化"一词并没有早期无产阶级国际主义所呼吁的"全世界无产者，联合起来"的议程，尽管劳联－产联①的前任主席约翰·史威尼②在工会主席执行理事会上倡议美国工会"建立一种新的国际主义"时，用的正是"国际主义"这个词。如今的全球化也不同于二战后对"同一个世界"的渴望，这种修辞在二十世纪五十年代鼓舞却也困扰着人们，并最终促成了联合国的建立。它也不是六十和七十年代的"普世主义"，其目的或是呼吁世界和平，或是主张文化霸权。"帝国主义""国际主义""同一个世界""普世"，这些用语与其说是描述历史趋势的概念，更像是一种愿景，一种驱使地球进入某种世界大同的表象、服从于某种控制手段的愿景，或一种视全人类的命运为一系列国家意识形态之延伸的愿景。全球化有着与其前身相似的渴

---

① 全称为美国劳工联合会与产业工会联合会（American Federation of Labor and Congress of Industrial Organizations），简称 AFL–CIO，是美国最大的公会组织。
② John Sweeney（1934—2021），美国工人运动领袖，1995 年至 2009 年间担任美国劳工联合会与产业工会联合会主席。

望。它也自认为在历史上是进步的，有益的，有凝聚力的，乌托邦式的，必然的。狭义上看，它意味着在由跨国公司的需求所塑造的政治中立环境下，资本得以自由流通，数据与产品被快速分配。然而，从更广泛的影响来看，全球化就并非那么单纯了。它不仅包括对禁运国的妖魔化，对军阀和腐败政客的忽视与妥协，还包括在跨国经济、资本和劳动力的重压下民族国家的崩溃，西方文化与经济的领先地位，以及美国文化通过时尚、电影、音乐和餐饮等方面向西方渗透，使得发达国家和发展中国家都逐渐美国化的趋向。

与"昭昭天命"和国际主义等历史潮流一样，全球化受到了热烈的追捧，在我们的想象中已然具有某种庄严的地位。全球化声称促进自由与平等，也因此有了至高无上的特权。在范围（跨越国境）、数量（受其正面或负面影响的人口总数）、速度（新科技的诞生）及财富（全球范围内所有资源的开发利用、无数等待着进出口的商品和服务）等方面，全球化既能施与也能没收它的诸多恩泽。然而，尽管全球主义得到了几乎是救世主般的推崇，它也同样被痛斥为邪恶的追随者、危险的反乌托邦。我们畏惧它无视国界、国家基础设施、地方官僚体系、网络审查、关税、法律及语言的能力，畏惧它对边缘地区与边缘人群的漠不关心，畏惧它那令人望而生畏的、压倒一切的特性将快速消除和抹平各种有意义的差异。我们一边对多样性深恶痛绝，一边又在畏惧那所有少数语言与文化都将消失殆尽的、没有差异的未来。又或者，我们心怀恐惧地推测主流语言与文化会在全球化浪潮下遭到哪些使之日渐衰弱的、不可挽回的变化。

在大规模人口流动的诸多原因和必要性中，战争是最主要的一个。据估计，若能统计出当今世界上所有因逃离迫害、冲突与由此滋生的暴力而流离失所的确切人数——包括难民、寻求庇护者与在国境内被迫背井离乡的群体，总数将远超六千万。六千万人。其中半数是儿童。我不知道会有多少人为此死去。

即便我们对未来最坏的担忧还没有完全显现，它所发出的文化将会提前消亡的严厉警告已经抵消了我们对全球化将带来的更好生活的期待。

我想再次用文学来探讨"异国性"[1]这一祸根（亦是一种毒害）。具体来说，我想引用一位加纳作家[2]写于二十世纪五十年代的小说，将其作为我们处理这一困境的方法之一：在我们试图定义民族、国家、公民权，努力解决种族主义与种族关系的问题，处理所谓的"文明的冲突"以寻求归属的过程中，内外之间的模糊界定仍然能够强化所谓的边境和国界——真实、隐喻或是心理层面上的边境和国界。

非洲作家和非裔美国作家并不是唯一面对这些问题的人，但他们面对这些问题的历史漫长而独特。他们在故土如在异乡，却

---

① 原文为 foreignness。
② 原文如此，后文提到的卡马拉·拉耶（Camara Laye，1928—1980）实际上为几内亚作家。

又在属于自己的土地上被流放。

讨论这部小说之前，我想先讲述一些在我开始阅读非洲文学很久之前的童年经历，这些经历促使我去探索那些困扰着当代"异国性"之定义的问题。

天鹅绒衬里的奉献盘在礼拜日教堂的长凳之间传递。最后一个盘子最小，也最有可能空着。它的地位和大小表明它所承载着的期待是恭顺但有限的，就像人们对二十世纪三十年代的大部分事物的期待一样。撒在上面的绝不会是钞票，而大多是来自孩子们的硬币。大人鼓励他们捐出自己的一分一角，为救助非洲的慈善事业做贡献。"非洲"这个名称听起来很美，但它承载着十分复杂的感情。非洲——与饥肠辘辘的中国不同——既属于我们，也属于他们，它与我们紧密相连，却又如此遥远而陌生。我们嘴上说着我们属于那里，但没人见过也没人想去看看我们那广阔而贫困的故乡。住在那里的人与我们保持着一种互不了解而又互不相让的微妙关系。他们与我们共享着教科书、电影和动画片所塑造的，关于被动而痛苦的"他者性"的神话；我们也同为孩子们在学会侮辱性称谓后热衷于攻击的对象。

后来，当我开始阅读以非洲为背景的小说时，我发现除了少数的例外，每一个故事都在进一步阐释与强化那在教堂长凳之间传递的天鹅绒奉献盘背后的神话。对乔伊斯·卡里[①]、埃尔斯佩

---

① Joyce Cary（1888—1957），爱尔兰裔英国作家。曾于第一次世界大战期间在尼日利亚殖民地服役，他在非洲的生活也因此成为其小说创作的主题与来源。

思·赫胥黎[①]、亨利·赖德·哈葛德[②]来说，非洲正如传教士文集所暗示的那样，是一片急需光明的黑暗大陆。基督教之光、文明之光、发展之光，还有纯良之心所带来的仁善之光。这种非洲观在假设一种复杂的亲密性的同时，还带着一种露骨的疏离感。排挤当地居民的殖民者扮成父权主义中的"长辈"，原住民被驱逐出家乡，又被流放在自己的故土之上，种种难题为这些故事添加了一抹超现实主义的光彩，引诱着作家们创造出一个没有任何形而上意义的非洲，等待着被虚构和想象。除了一两个例外，文学世界中的非洲是游客和外国人取之不尽的游乐场。在康拉德、伊萨克·迪内森[③]、索尔·贝娄和海明威的作品中，不管主人公对西方传统观念中愚昧无知的非洲形象是深感认同还是全力反对，他们仍然把这块世界第二大的陆地当作那个空空如也的奉献盘——一个等待着想象力心血来潮丢下几分几角的容器。作为西方想象力磨坊中的谷物，非洲善解人意地缄默着，与人方便地留出空白，成为毋庸置疑的异乡，为了迎合各式各样的文学或意识形态需求可以被塑造成任何模样。它既可以充当任何功绩的布景，又可以一跃而上，使某个外国人横遭不幸。它既可以把自己

---

① Elspeth Huxley（1907—1997），英国作家。曾跟随家人移居肯尼亚，其文学创作主要围绕她在东非地区的生活经历与东非的历史文化展开。
② Henry Rider Haggard（1856—1925），英国作家，常年在非洲工作、生活，代表作《所罗门王的宝藏》。
③ Isak Dinesen（1885—1962），丹麦作家，原名卡伦·布里克森（Karin Blixen），代表作《走出非洲》。

扭曲成恶毒可怖的形态，让西方人把对于邪恶的想象加诸其上；也会向更邪恶之人屈膝，接受他们的点拨。对于那些在现实或想象中踏上这趟旅程的人来说，与非洲的接触是一个激动人心的机会，让他们得以体验一种最为原始、尚未成形但极具教育意义的生活状态，这将为他们带来一种自我启蒙——他们无须对非洲文化有任何真正的了解，就能确认欧洲的统治权为他们带来了好处。只需要少量的地理常识，大量的气候知识，一些风俗逸事，他们便能织就一张画布，并在上面描绘出一个更睿智、更哀伤或已完全与自己达成和解的自画像。直到二十世纪五十年代，西方小说中的非洲就像加缪的小说，都可以被称为"局外人"，它为人们提供了获取知识的机会，又始终保持着自己的不可知。在康拉德的《黑暗之心》里，马洛将非洲描述为地图上的一块曾让"孩子魂牵梦萦的大面积留白"，后来上面又多了"许多江河、湖泊和地名"，它"不再是一块使人兴趣盎然的神秘空白"，而"变成一个黑暗之地"。那些我们所能知晓的为数不多的部分或诡秘，或可憎，或无可救药地自相矛盾。人们想象中的非洲满载着难以预料的事物，它们就像《贝奥武夫》①中的格伦戴尔②一样无法用常理解释。所以我们能在文献中搜集到大量互相冲突的隐喻。作为人类的原始栖息地，非洲是古老的；然而在殖民统治之下，它

---

① Beowulf，迄今发现的英国盎格鲁－撒克逊时期最古老、篇幅最长的一部文学作品，欧洲最早的方言史诗。完成于公元 8 世纪左右，讲述了斯堪的纳维亚的英雄贝奥武夫的英勇事迹。
② 《贝奥武夫》中所记述的妖怪，是故事的主要反派角色之一。

又是稚嫩的。它是一个一直等待着降生的老年胎儿，让所有助产士困惑不已。在一部又一部的小说中，在一个又一个的故事中，非洲既天真又堕落，既野蛮又纯洁，毫无理性又充满智慧。

在这种充满种族主义色彩的文学环境中，卡马拉·拉耶的《国王的光辉》让我无比震撼。它在一瞬间让读者对那个如同故事书般老套的非洲之旅——要么给非洲带来光明，要么去寻找黑暗——有了新的想象。这部小说不仅召唤出一套精细的纯非洲意象语汇，并以此与西方话语展开斡旋，它还挪用了"混乱""幼稚"等征服者强加于当地居民的形象：比如乔伊斯·卡里的《约翰逊先生》中描绘的社会混乱，埃尔斯佩思·赫胥黎的《锡卡的火焰树》中对气味的痴迷，哈葛德或康拉德的小说以及几乎所有西方人的非洲游记中欧洲人对裸体含义的执着。一丝不挂或衣着暴露的身体只可能表示童真或脱缰的情欲，而非观察者自身的窥私癖。

拉耶的小说情节大概是这样的：欧洲人克莱伦斯出于他自己也说不清的理由来到非洲，因赌博把钱输得精光，欠了白人同胞一屁股债。他被从殖民者居住的酒店赶出来，躲在当地人经营的一间邋遢的小旅馆里，如今也即将被旅馆老板赶走。克莱伦斯想出一个办法来解决身无分文的困境，也就是依赖他的白人与欧洲人身份，在没有任何本事的情况下为国王提供服务。但密集的人群让他无法靠近国王，他的行动也招来了人们的嘲笑。只有两个喜欢恶作剧的少年和一个狡猾的乞丐答应帮助他。在他们的指引下，他前往国王接下来会现身的南方。克莱伦斯的旅程与朝觐有着一些异曲同工之妙。通过描写这段旅程，卡马拉·拉耶对欧洲与非洲所带给人们的不同感受进行了再现与戏仿。

他采用的有关非洲的文学符号，精准地复制了西方对异国的理解：一、威胁；二、堕落；三、令人费解。卡马拉·拉耶处理这些概念的方式纯熟而巧妙，非常值得玩味。

威胁。主人公克莱伦斯被吓呆了。尽管他注意到人们在"森林中酿酒"，自然景观是"人工培植的"，而当地居民给了他"诚挚的欢迎"，但他领悟到的却是寸步难行、"所有人的敌意"、令人眩晕的隧道迷宫和被荆棘树篱阻隔的小径。井然有序的景观与他观念中那险恶的丛林大相径庭。

堕落。正是克莱伦斯本人的逐渐堕落，演绎了西方人所恐惧的"入乡随俗"，即那危及男子气概的"浑浊且黏腻的软弱"。克莱伦斯对长期同居生活所表现出的公然享受与女性化的顺从，实际上反映了他自己的欲望与他刻意的无知。随着时间的推移，村里慢慢多了许多混血的孩子，而作为整个地区唯一一个白人的克莱伦斯仍在疑惑这些孩子是从哪来的。他拒绝相信显而易见的事实——他已被卖给宫中的女眷，做了她们的男伴。

令人费解。卡马拉·拉耶笔下的非洲并不黑暗，而是一片光亮：绿油油的森林、透着些许深红的房子和泥土、蔚蓝得炫目的天空，甚至连渔妇的秤也像"消逝的月光织成的袍"一样闪烁着微光。要理解非洲人的动机和感受——不管是善是恶——只需悬置人与人之间有着不可逾越的差异这种看法。

小说拆解了一系列充满局限性的常用表述——外来者篡夺本地人的家园、剥夺原住民的合法性、逆转土地的归属权——来让我们体会一个白人移民在非洲的经历：孤独、无业、威信全无、资源匮乏，甚至连姓氏也不为人所知。但他有着一种总是奏效，且只在第三世界国家适用的优势：他是一个白人。他认为他因此便能凭借某种说不清的理由成为国王的顾问，尽管他从未见过国王，还身处一个他不了解的国家，一个他既不理解也不愿理解的族群当中。他一开始只是为了寻求权威的庇护、逃避同胞的蔑视，却意外地经历了一次刻骨铭心的再教育。对于当地的非洲人来说，偏见不是智慧，识别细微差异并对其进行观察与推测的能力和意愿才是。这个欧洲人拒绝深入思考任何与他的安逸生活和生存处境无关的事情，这注定让他在劫难逃。当觉悟终于层层渗入他的内心，他觉得自己被彻底摧毁了。这部小说以虚构的方式探索了一个人对文化有限的认知，让我们看到在没有欧洲的支持、保护和掌控的情况下，一个西方人在非洲的经历是如何被去种族化的。这也让我们重新发现或想象被边缘化、被忽视、成为多余的异乡人的感觉，没人叫得出你的名字的感觉，被剥夺了历史与身份的感觉，被贩卖或被剥削劳力来给权势家族、奸商和当地政权牟利的感觉。也就是说，成为黑人奴隶的感觉。

这一令人不安的遭遇或许有助于我们应对全球人口流动所带来的影响社会稳定的压力。这些压力会让我们疯狂地固守自己的语言和文化，而对其他语言文化关上大门；让我们按照风行一时的标准做出价值判断；让我们制定法律，党同伐异，宣誓效忠于幽灵和幻想。最重要的是，它会让我们否认自己心中的他者，让我们誓死也不愿承认人性彼此相通。

卡马拉·拉耶笔下的欧洲人历经考验，逐渐得到了启蒙。克莱伦斯最终如愿以偿地觐见了国王。但这时，他的内心和他的目的都已经发生了变化。克莱伦斯不顾当地人的劝告，一丝不挂地爬向王座，终于看见了国王本人，发现那只是一个满身金饰的孩子。他打开了"心中那可怕的空虚"——让他无法与人坦诚相待的空虚——来迎接国王的目光。正是这种坦诚，这种前所未有的勇气，让克莱伦斯那因恐惧而穿上的文化铠甲骤然粉碎，也让他开启了真正的救赎之旅。他的极乐与自由之旅。年幼的国王张开双臂，把他搂入怀中。克莱伦斯感受到国王年轻的心脏在跳动，听见国王轻声说着真切的归属之辞，欢迎他加入人类的大家庭："你不知道我一直在等你吗？"

致谢

我很高兴受到哈佛大学诺顿讲座的邀请来发表二〇一六年度的演讲。感谢诺顿委员会的工作人员：霍米·巴巴、哈登·格斯特、西尔瓦尼·古约特、罗伯·莫斯、理查德·佩尼亚、埃里克·伦茨勒、戴安娜·索伦森、大卫·王和尼古拉斯·沃森。

另外，我要向推广这一系列讲座的人们致以衷心的感谢：霍米·巴巴、达维德·卡拉斯科、克莱尔·梅苏德、小亨利·路易斯·盖茨、埃弗林·M.汉蒙兹和戴安娜·索伦森。

我还想感谢马辛德拉人文中心的工作人员，感谢你们所做的努力，尤其感谢哈佛大学出版社的约翰·库尔卡的精心指导。最后，感谢我的助手雷内·博特曼，感谢她在编辑与研究方面提供的支持。

图书在版编目（CIP）数据

他者的起源 / （美）托妮·莫里森著；黄琨译. ——
海口：南海出版公司,2023.7
ISBN 978-7-5735-0394-7

Ⅰ.①他… Ⅱ.①托… ②黄… Ⅲ.①文学研究－文
集②短篇小说－美国－现代 Ⅳ.①I0-53②I712.45

中国版本图书馆CIP数据核字(2022)第240503号

著作权合同登记号 图字：30-2022-104

他者的起源
〔美〕托妮·莫里森 著
黄琨 译

出　　版　南海出版公司　（0898)66568511
　　　　　　海口市海秀中路51号星华大厦五楼　邮编 570206
发　　行　新经典发行有限公司
　　　　　　电话(010)68423599　邮箱 editor@readinglife.com
经　　销　新华书店

责任编辑　侯明明
特邀编辑　刘书含　张　典　吕宗蕾
营销编辑　郑博文　王蓓蓓
装帧设计　韩　笑
内文制作　田小波

印　　刷　河北鹏润印刷有限公司
开　　本　850毫米×1168毫米　1/32
印　　张　7
字　　数　135千
版　　次　2023年7月第1版
印　　次　2023年7月第1次印刷
书　　号　ISBN 978-7-5735-0394-7
定　　价　59.00元